La princesse du Kansas

CAITLIN CREWS

La princesse du Kansas

Traduction française de
ÉLISABETH MARZIN

AZUR

HARLEQUIN

Collection : Azur

Titre original :
CROWNING HIS LOST PRINCESS

HARPERCOLLINS FRANCE
83-85, boulevard Vincent-Auriol, 75646 PARIS CEDEX 13
Service Lectrices — Tél. : 01 45 82 47 47 - www.harlequin.fr
ISBN 978-2-2804-8397-1 — ISSN 0993-4448

Composé et édité par HarperCollins France.
Imprimé en février 2023 par CPI Black Print (Barcelone)
en utilisant 100% d'électricité renouvelable.
Dépôt légal : mars 2023.

FSC www.fsc.org MIXTE Papier issu de sources responsables FSC® C159065

Pour limiter l'empreinte environnementale de ses livres, HarperCollins France s'engage à n'utiliser que du papier fabriqué à partir de bois provenant de forêts gérées durablement et de manière responsable.

1.

Delaney Clark s'essuya le front en observant avec étonnement le nuage de poussière qui s'élevait au loin.

Quelqu'un remontait le chemin de terre qui conduisait à la ferme. Au milieu de l'après-midi. C'était tout à fait inhabituel.

Depuis le potager, elle promena son regard sur la ferme où sa mère l'avait élevée comme elle y avait été élevée elle-même. Et comme plusieurs générations de Clark y avaient élevé leurs enfants depuis leur installation sur cette terre. Inutile d'aller demander à Catherine Clark si elle attendait quelqu'un. Sa mère ne sortait plus beaucoup, et les quelques visites qu'elle recevait étaient programmées longtemps à l'avance par son intermédiaire. Or, elle n'en avait prévu aucune pour cette semaine.

La perplexité de Delaney s'accrut lorsqu'elle vit apparaître un convoi de SUV rutilants. Des pick-up, passe encore. On était dans le Kansas. Au beau milieu des Grandes Plaines. Le pick-up était le mode de locomotion le plus courant dans la région, parce que tout y était plus ou moins lié à l'agriculture. Voir une file de pick-up foncer vers la ferme en plein après-midi aurait également été surprenant. Cependant, il aurait été facile d'imaginer plusieurs raisons pour lesquelles d'autres fermiers auraient pu venir la voir.

En revanche, impossible d'en trouver une seule expliquant

l'arrivée de cinq luxueux SUV à la ferme. Qui pouvait conduire ce genre de véhicules dans ce coin perdu ? Son voisin le plus proche habitait à un quart d'heure en voiture. Quant à la ville la plus proche, Independence, il fallait une demi-journée de route pour y aller.

Eh bien, petite demoiselle, tu vas devoir attendre de voir ce qui se passe, n'est-ce pas ? Une voix familière et pince-sans-rire résonna dans l'esprit de Delaney. La voix de sa chère grand-mère. Cinq années s'étaient écoulées depuis la disparition de Mabel Clark, mais il arrivait encore à Delaney d'être assaillie par la souffrance aux moments où elle s'y attendait le moins. En à cet instant, le souvenir de la voix éraillée de sa grand-mère la bouleversa.

S'efforçant de se ressaisir, Delaney traversa la cour de la ferme en essuyant ses mains pleines de poussière sur sa salopette. Elle n'était pas habillée pour recevoir, mais quand on arrivait à l'improviste il ne fallait pas s'attendre à autre chose que cette salopette sale et ce bandana délavé qu'elle avait sur la tête. Elle plissa le front alors que les SUV s'arrêtaient à quelques mètres d'elle, soulevant des nuages de poussière. Il y en avait bien cinq au total.

Pendant un moment, elle crut que leurs conducteurs avaient pris conscience de leur erreur. Sans doute étaient-ils en train de la regarder derrière leurs vitres teintées en se disant qu'ils avaient dû se tromper de route.

Mais bon, c'était une belle journée, ni trop chaude ni trop froide, et si elle devait rester encore dans sa cour à attendre de voir qui avait pris l'initiative de venir à la ferme ce jour-là, elle pouvait se réjouir qu'il n'y ait pas un orage. Ou une tornade. *Merci, mamie Mabel.*

Elle sourit lorsque la portière du SUV qui se trouvait au centre de la rangée s'ouvrit. Il fallait reconnaître que sa curiosité était piquée. Mais ce n'était qu'un chauffeur. Ce qui était excitant malgré tout. Qui avait un chauffeur ?

Elle-même était certes devenue le chauffeur de sa mère au cours des dernières années depuis que celle-ci était diminuée par son arthrite et ses problèmes cardiaques. Cependant, elle ne faisait pas monter sa mère à l'arrière. Et elle ne portait pas non plus d'uniforme. À moins que sa salopette compte…

À la grande stupéfaction de Delaney, le chauffeur la salua d'un signe de tête. Comme si c'était bien elle que son passager venait voir… Quelle idée ridicule ! Le chauffeur ouvrit la portière arrière du SUV, et Delaney retint son souffle, s'attendant presque à entendre sonner des trompettes.

Mais aucun bruit ne s'ajouta à celui des carillons éoliens qui réjouissaient tant sa mère. Et soudain, juste là devant elle, l'homme le plus superbe qu'elle avait jamais vu descendit du SUV.

Il était d'une beauté surnaturelle. Tellement en décalage avec le décor, devant cette ferme décrépite entourée de champs de maïs qui s'étendaient à perte de vue, qu'il avait tout d'un extraterrestre. Le soleil lui-même semblait avoir changé de position dans le ciel comme pour mieux l'éclairer. Jamais elle n'avait été aussi fascinée. Elle en avait des frissons. Alors qu'à vingt-quatre ans elle ne se rappelait pas avoir eu une seule fois la moindre réaction face à un homme. Les garçons qu'elle avait côtoyés plus jeune étaient assez agréables. Ils l'étaient toujours. Et elle avait toujours eu le sentiment que si elle l'avait voulu elle aurait pu se marier avec l'un d'eux comme l'avaient fait la plupart de ses camarades de classe.

Mais elle ne l'avait jamais envisagé. Parce qu'il y avait la ferme. Il y avait toujours eu la ferme. Et elle avait toujours été très consciente qu'après sa grand-mère et sa mère elle était la dernière des Clark. Cette terre serait un jour la sienne. En pratique elle l'était d'ailleurs déjà, et si

Delaney n'avait pas l'intention de la cultiver seule comme l'avait fait sa mère depuis la mort de son père, survenue avant sa naissance, elle tenait à bien choisir le partenaire avec qui elle s'en occuperait. Or, pour l'instant, elle n'avait trouvé aucun homme dans la région qui corresponde à ses critères de choix. Parce qu'aucun de ceux qu'elle connaissait n'était réellement un homme ? Cette pensée ne l'avait jamais effleurée jusque-là, mais tout à coup elle s'imposait comme une évidence. Comme si cet inconnu donnait une autre dimension au mot « homme ».

Elle, qui avait toujours été solidement campée sur ses jambes, se sentait chancelante quand elle le regardait. Non qu'il lui paraisse répondre à ses attentes. Pas du tout. Même s'il déclenchait chez elle toutes sortes de réactions étranges. Bouffées de chaleur. Froid intense. Palpitations. Comme s'il était trop beau pour être regardé par des yeux humains.

Mais il ne devait même pas savoir ce qu'était une ferme. Un homme comme ça ne pourrait lui être d'aucune utilité. Cependant, elle avait beau se le répéter, elle ne parvenait pas à détacher les yeux de lui.

Il était vêtu d'un costume noir impeccablement coupé comme ceux que portaient les mannequins dans les magazines. Sauf que ces derniers lui semblaient toujours étriqués dans leurs complets. Alors que lui… Grand, athlétique, il avait de la prestance et respirait l'autorité. Quelque chose lui disait qu'il avait l'habitude d'attirer des regards aussi éblouis et impressionnés que le sien. Tandis qu'elle restait bouche bée, il enleva ses lunettes noires et les glissa dans la poche de poitrine de son veston avec un mélange de désinvolture et d'élégance qui donnait toute la mesure de son raffinement.

Mais le plus saisissant c'était son visage. L'intensité de son regard donnait encore plus de relief à ses traits, qui semblaient avoir été ciselés par un artiste particulièrement inspiré. Un regard d'aigle, fixé sur elle.

Oui, décidément, cet homme était très impressionnant.

— Waouh ! laissa-t-elle échapper. Qui êtes-vous ? Vous vous êtes perdu ?

C'était la seule explication. Même si associer le mot « perdu » à cet homme était des plus incongru.

Elle se rendit vaguement compte que d'autres portières s'ouvraient, mais elle restait incapable de détacher les yeux de cet homme. Il y avait quelque chose dans son regard aux reflets d'or qui la clouait sur place. Et ce regard avait beau être plutôt froid, elle était envahie par une chaleur étrange…

— Vous vous appelez Delaney Clark, dit-il.

— Oui.

Ce fut seulement après avoir répondu qu'elle fut frappée par l'étrangeté de la situation. Il ne lui avait pas posé une question, il avait énoncé un fait. Comme s'il la connaissait. Ce détail aurait dû la mettre en garde, mais elle était trop fascinée par lui et par sa façon de parler. Rien à voir avec l'accent du Kansas. Sa voix avait une musicalité particulière. Et cette façon de prononcer son nom…

Du calme. Ressaisis-toi, sinon tu vas finir par te ridiculiser.

— C'est très net.

Elle prit conscience qu'il s'adressait aux personnes qui l'accompagnaient et que celles-ci la regardaient en acquiesçant par des murmures inaudibles.

— Les pommettes. La bouche. Et, bien sûr, les yeux. Pas de doute, elle a les traits des Montaigne.

Nouveaux murmures d'assentiment. Et de respect, si elle ne se trompait pas. Delaney resta immobile et silencieuse dans sa salopette couverte de poussière. Elle ne savait pas quoi faire… ni quoi dire. Peut-être parce que cet homme était trop fascinant, et que de son côté elle n'était après tout qu'une stupide petite fermière. En tout cas c'était son sentiment à cet instant, ce qui était tout à fait nouveau. Parce qu'elle n'avait jamais été stupide. Elle pouvait bien trouver quelque chose à dire qui ne soit pas ridicule, non ?

— Qui êtes-vous ? répéta-t-elle.

Pas très brillant, mais ça aurait pu être pire… Les hommes qui entouraient l'inconnu amorcèrent un pas en avant. Elle prit alors conscience d'une évidence. Comment cela avait-il pu lui échapper ? L'inconnu était accompagné de gardes du corps. Qu'elle n'avait même pas vus prendre place de chaque côté de lui. Pas de doute, ça se confirmait. La fascination que cet homme exerçait sur elle la rendait stupide. Il esquissa un signe imperceptible de la tête, et les hommes se figèrent, comme s'il les avait arrêtés de ses propres mains.

— Je suis Cayetano Arcieri, répondit-il.

Puis il attendit, comme si la seule mention de son nom se suffisait à elle-même.

— Je suis censée savoir qui vous êtes ?

Il arqua un sourcil, hautain.

— Ce n'est pas le cas ?

— Non. Je devine que vous n'êtes pas un représentant. Je me doute que vous n'êtes pas là pour réviser le tracteur, ce qui est dommage parce qu'il en aurait bien besoin. Et pour être honnête, je suis sûre que je me souviendrais de votre nom si je l'avais déjà entendu.

Elle fut assaillie par une bouffée de regret. Il n'y avait aucune chance que ce soit elle que cet homme recherche.

— J'ai cru que vous vous étiez perdu, mais apparemment vous avez plutôt été mal renseigné.

— Si vous êtes bien cette Delaney Clark, et je vois que c'est le cas, je suis au bon endroit, petite.

Personne ne l'avait jamais appelée « petite ». Elle devrait sans doute en être offensée. Pourtant, ce qu'elle ressentait était au contraire très agréable.

— Je ne crois pas, non.

D'accord, elle aimerait beaucoup être la « petite » de cet homme. Pourquoi ? Il lui faudrait y réfléchir plus tard et se poser les bonnes questions. Mais pour l'instant elle ne pouvait pas laisser ce malentendu se prolonger. Elle avait la conviction étrange que le moment où cet homme découvrirait son erreur serait d'autant plus douloureux pour elle.

Plus les secondes passaient, plus il lui paraissait imposant. Et surtout, elle avait l'impression que le regard étincelant de ses yeux d'or allumait des petites flammes dans tout son corps. Cette idée était ridicule, mais la chaleur qui ne cessait de l'envahir semblait bien réelle.

— Je viens d'un pays appelé Île d'Montagne, dit-il.

Puis il fit une pause comme s'il attendait sa réaction. Elle hocha la tête, et il esquissa un sourire imperceptible.

— C'est un petit pays. Une île de la Méditerranée, située au nord-est de la Corse. Qui est gouvernée depuis des siècles par de faux rois et de fausses reines.

Décidément, la situation était de plus en plus extravagante. Cet homme qui semblait sortir tout droit d'un film de Hollywood lui parlait de rois et de reines ? Elle était peut-être en train d'imaginer cette scène parce qu'elle s'était cogné la tête sur sa binette en tombant. Ça paraissait beaucoup plus vraisemblable que cette conversation. Avec un homme désespérément fascinant…

— Depuis presque aussi longtemps il existe dans ce pays une armée de rebelles, poursuivit Cayetano Arcieri. Les montagnes qui forment l'épine dorsale de l'île ont été défendues dès que le premier faux roi a tenté de se les approprier. Il ne suffit pas qu'un homme proclame sa souveraineté sur une terre pour que celle-ci devienne effective. Plusieurs batailles, parfois qualifiées de guerres civiles, ont été livrées. Entre les conflits, il y a également eu de longues périodes pendant lesquelles ceux qui ne reconnaissaient pas l'autorité des faux rois se sont contentés d'attendre.

— D'attendre ?

— Oui. Vous ne connaissez pas la citation ? « Si quelqu'un t'a offensé, ne cherche pas à te venger. Assieds-toi au bord de la rivière et bientôt tu verras passer son cadavre. »

L'histoire déjà violente que lui racontait cet inconnu prenait un tour un peu trop macabre à son goût. Juste devant la ferme où elle devrait se trouver seule avec ses plantes, comme tous les jours.

— Je ne m'y connais pas vraiment en armées de rebelles tapies dans les montagnes, déclara-t-elle en enfonçant les mains dans les poches de sa salopette pour éviter qu'elles trahissent sa nervosité. Vous savez que nous sommes dans le Kansas, n'est-ce pas ? Il n'y a pas réellement de montagnes, ici.

Était-ce un effet de son imagination, ou bien ce Cayetano Arcieri s'était-il vraiment rapproché d'elle ? En tout cas, elle avait du mal à respirer. Et au lieu d'en être inquiète… elle trouvait ça plutôt agréable.

De toute évidence, elle n'était pas dans son état normal.

Mais elle restait incapable de bouger.

— Pendant des siècles, mes ancêtres ont attendu que vienne le moment de récupérer ce qui leur appartenait, l'occasion la plus propice. Mon grand-père a négocié la paix actuelle, qui dure depuis beaucoup plus longtemps qu'on ne pouvait l'espérer. Malgré tout, nous estimions que toute tentative de reprendre ce qui nous appartient ne pouvait conduire qu'à un bain de sang.

Un bain de sang ? Delaney eut la chair de poule.

— J'aimerais prendre fermement position contre les bains de sang, si c'est possible.

Elle n'avait aucune envie de contrarier cet homme, mais comment ne pas réagir face à de telles absurdités ?

— Je suis un chef de guerre. J'ai conquis ma place par le fer et par le sang.

— Métaphoriquement ? demanda-t-elle avec un petit rire nerveux.

Un rire qui n'eut aucun écho. Les hommes déployés derrière Cayetano Arcieri restèrent impassibles. Quant à lui, il semblait taillé dans le marbre.

— J'ai trouvé un bien meilleur moyen que la guerre pour récupérer mes terres ancestrales, déclara-t-il sans la quitter des yeux. Un plan infaillible, enfin.

— Oh ! bien ! Ça semble de loin préférable à un bain de sang.

L'expression de Cayetano Arcieri changea imperceptiblement. Il semblait presque… amusé. Non, impossible. C'était sûrement une illusion. Rien ne devait pouvoir amuser un homme comme lui.

— Ça dépend du point de vue avec lequel on considère la chose, dit-il.

Elle entendit vaguement des rires provenant des hommes derrière lui.

— Vous et moi, nous devons nous marier.

— Pardon ?

— Vous êtes la clé, affirma Cayetano Arcieri, soi-disant chef de guerre d'un pays dont elle n'avait jamais entendu parler, qui avait conquis sa place « par le fer et par le sang ».

Prise de vertige, Delaney déglutit péniblement.

— Je suis sûre que non.

— Vous êtes l'héritière perdue de la couronne d'Île d'Montagne, petite. Et je suis venu vous chercher pour vous ramener chez vous.

Son ton était à la fois solennel et péremptoire. On se serait presque attendu à voir les plants de maïs s'incliner en signe de respect.

Ce fut plus fort qu'elle. Delaney éclata de rire.

2.

C'était la dernière réaction à laquelle il s'était attendu.

Cayetano réprima une moue de déception. La perspective d'un mariage avec lui aurait dû provoquer la joie et la gratitude, pas le rire. Il connaissait beaucoup de femmes qui seraient tombées à genoux en remerciant le ciel s'il leur avait accordé une seconde nuit dans son lit. Alors une vie entière…

Cette fille était déconcertante.

Et surtout, elle n'était pas du tout telle qu'il se l'était représentée. Pourtant, il avait scruté toutes les photos que ses enquêteurs avaient recueillies pour lui. Il avait étudié tous les détails permettant d'établir qu'elle était bien celle qu'il espérait. Elle ne devait en aucun cas représenter une surprise. Et d'ailleurs, elle était conforme aux photos obtenues par ses hommes, toutes très ressemblantes.

Mais les photos ne faisaient que reproduire ses traits. Elles ne rendaient pas le rayonnement qui émanait d'elle. Alors que depuis longtemps il en était arrivé à la conclusion que les Montaigne étaient tous aussi sinistres et froids les uns que les autres.

Mais apparemment pas celle-ci, avec ce soleil américain qui semblait illuminer son visage de l'intérieur.

Et aussi ses yeux. Si bien que dans son cas le fameux bleu Montaigne n'était plus glacial ni cruel mais éclatant. Il évoquait le genre de vacances que les autres hommes pouvaient s'offrir. Sur des plages tropicales, loin des problèmes liés à un trône disputé.

En arrivant il l'avait vue debout dans la poussière, habillée comme une paysanne, et malgré cela il avait été submergé par un désir d'une intensité stupéfiante. Jamais il n'avait rien éprouvé de tel. Il avait attendu un moment dans la voiture que ce désir s'estompe, mais sans résultat.

En ce moment même, alors que son éclat de rire résonnait encore dans ses oreilles, il vibrait de désir.

Que lui arrivait-il ? Depuis quand pensait-il à des vacances sous les tropiques ? Il n'avait jamais eu cette opportunité. Les délices de l'oubli, pas pour lui. Toute son existence était placée depuis toujours sous le signe du devoir.

La surprenante héritière perdue d'Île d'Montagne riait toujours. Comme si elle n'avait jamais rien entendu de plus drôle que ce qu'il venait de lui dire. Comme si lui, Cayetano Arcieri, ennemi juré des Montaigne, avait l'habitude de plaisanter.

D'un geste il arrêta ses hommes qui s'avançaient vers Delaney Clark, outrés par son attitude. Il était curieux de voir au bout de combien de temps elle allait finir par se ressaisir et prendre conscience du manque de respect dont elle faisait preuve. À moins qu'il ait seulement envie de continuer à regarder toute cette lumière qui se dégageait d'elle.

Arrête immédiatement. Ce qui est en jeu ici est plus important que ton désir.

— Ça peut paraître surprenant, je vous l'accorde, dit-il d'un ton crispé tandis qu'elle s'essuyait les yeux.

— Cette histoire est tellement absurde ! D'abord, je ne suis pas perdue. Je suis là où est ma place. Ici, dans cette ferme. Et je suis encore moins une princesse !

Sur ces mots, elle partit d'un nouvel éclat de rire, la tête renversée en arrière.

Cayetano réprima un soupir. Il fallait reconnaître qu'il n'avait pas réfléchi à cette étape de sa mission avec autant de soin qu'il l'aurait dû. Le plus difficile avait été de la retrouver. Il lui avait fallu du temps et de la patience, alors qu'il était connu pour ignorer le premier et être très avare de la seconde. Mais l'entreprise était particulièrement ardue. Il avait dû croire l'impossible. Puis prouver qu'il avait raison.

Avoir atteint son objectif était une grande victoire qu'il savourait encore à présent avec une immense satisfaction.

Il était parti du principe que la ramener avec lui ne poserait pas de problème. En fait, il avait seulement envie de la hisser sur son épaule, de la jeter dans la voiture et de repartir aussitôt. Il voulait se concentrer sur la suite. Sur la façon dont il allait enfin reprendre ce qui avait été volé à ses ancêtres, non pas en mettant fin à la trêve entre les deux camps qui divisaient son pays mais en mettant en place les conditions d'une paix définitive.

L'idée ne l'avait jamais effleuré qu'il devrait convaincre sa princesse de revendiquer sa place.

La diplomatie n'était pas son fort, mais il pouvait peut-être tenter de paraître… compréhensif et rassurant.

— Tout cela est peut-être trop inattendu pour que vous me croyiez sur parole, déclara-t-il d'un ton moins bienveillant qu'il ne l'aurait voulu. Mais ce sont des faits, confirmés par la science.

— Par la science ?

Elle se remit à rire.

— Quel genre de science pourrait conduire un chef de guerre jusqu'à une vieille ferme perdue au milieu de nulle part ? Je vous l'ai dit, vous avez dû vous tromper de route. Je ne suis pas la princesse que vous recherchez.

Cayetano ne pouvait s'empêcher d'être fasciné par Delaney Clark. Plus elle insistait, plus la réalité de son ascendance se confirmait. L'absence de doute. La conviction d'avoir raison, alors qu'elle aurait dû se rendre compte qu'une simple fermière ne pouvait pas disposer des mêmes informations qu'un homme de son envergure. Certes, il ne connaissait rien aux Américaines ni aux fermières. Mais il était persuadé que si le sang des Montaigne ne coulait pas dans ses veines, celle-ci tremblerait devant lui comme il se devait.

— Au départ ça n'avait rien de scientifique, bien sûr.

Il n'avait pas l'habitude qu'on ignore ses ordres, cependant il ne pouvait pas se permettre d'emmener cette femme contre son gré. Cela ne servirait pas sa cause. Il fallait qu'il semble faire preuve de sensibilité. Il s'efforça de sourire en prenant un air apaisant, mais la jeune femme fronça les sourcils.

— Ça a commencé par des rumeurs, poursuivit-il. Il y a toujours des rumeurs autour des trônes quels qu'ils soient, mais peut-être encore davantage à Île d'Montagne, où la légitimité de la famille régnante est contestée depuis très longtemps. La plupart de ces rumeurs ne sont pas fondées. Ce ne sont que des histoires malveillantes que certains racontent pour passer le temps entre deux périodes de troubles. Ainsi, le bruit a commencé à courir que la princesse Amalia était une enfant échangée à la naissance.

Sa princesse perdue cilla.

— Échangée à la naissance ? Comme dans un conte de fées ?

Son expression indiquait clairement qu'elle ne le considérait pas comme une source fiable. Ce qui pour lui était tout à fait inhabituel... Mais il n'avait pas le temps de savourer ce détail.

Elle portait une salopette qui aurait dû le hérisser,

puisque cette tenue d'ouvrière agricole était indigne de sa future épouse. Toutefois elle la portait avec une telle assurance qu'il était avant tout séduit par son allure. Son nez était parsemé de taches de rousseur, mais celles-ci ne faisaient qu'attirer l'attention sur la perfection de ses pommettes. Et elle avait des mains robustes, qui ne se réduisaient pas à de simples appendices uniquement destinés à être ornés de bijoux.

Elle lui plaisait beaucoup plus qu'il n'avait osé l'imaginer.

Tout comme l'idée qu'elle deviendrait son épouse, qu'elle le croie ou non.

— Au départ, cette histoire à dormir debout n'a pas retenu mon attention. Je n'ai pas l'habitude d'écouter les élucubrations d'aristocrates décadents rongés par l'ennui. Cependant, cette rumeur ne s'est pas éteinte rapidement comme c'est généralement le cas des plus extravagantes.

— Au moins nous sommes d'accord sur un point. Les histoires de bébés échangés à la naissance sont extravagantes.

Cherchait-elle à le provoquer ? Difficile à dire… Dans le doute, Cayetano poursuivit.

— Cette idée me poursuivait. Et plus j'y songeais, plus il me semblait évident que la princesse Amalia n'était pas qui elle prétendait être. Cheveux bruns et yeux clairs, oui. Mais il y avait trop de bizarreries qui n'étaient jamais apparues chez les Montaigne au fil des siècles. Quand s'est présentée une occasion de comparer l'ADN de la princesse et celui de sa soi-disant mère, je n'ai pas eu d'autre choix que de la saisir.

Delaney secoua la tête.

— C'est une histoire divertissante. Vraiment. J'ai toujours eu un faible pour les contes de fées. Cependant, celui-ci est un peu trop tirée par les cheveux.

— Les tests ont été concluants. La princesse Amalia d'Île d'Montagne n'est pas la fille de la reine Esme.

— D'accord…

Delaney Clark fronça le nez.

— Vous savez qu'il peut y avoir des tas de raisons à cette incompatibilité des tests, n'est-ce pas ?

— En effet. Et nous les avons toutes étudiées de près. Mais je vais vous dire la chose la plus étonnante dans cette histoire. Êtes-vous prête à l'entendre ?

— Est-elle plus étonnante que tout ce que vous m'avez dit jusqu'à présent ?

— La reine Esme a été affectée par des maux très particuliers pendant sa grossesse. Et à cause d'eux, elle a été transférée dans un hôpital spécialisé dans ce genre de problèmes, situé dans ce vaste pays qui est le vôtre. Dans une ville du nom improbable de Milwaukee.

Delaney Clark plissa les yeux.

— Je suis née moi aussi à Milwaukee. Mais comme des tas d'autres gens.

Cayetano observait derrière elle une femme d'un certain âge qui était apparue à la porte moustiquaire de la ferme. Elle l'écoutait raconter son histoire, visiblement pétrifiée. Il poursuivit.

— Douze bébés sont nés dans cet hôpital ce jour-là. Deux seulement étaient des filles. L'une d'elles était la princesse héritière d'Île d'Montagne ; l'autre, la fille de fermiers du Kansas.

— Et vous en concluez… quoi ? demanda Delaney Clark. Qu'une princesse et une fille tout à fait ordinaire du Kansas ont été…

— Échangées, intervint la femme âgée en ouvrant la porte moustiquaire et en s'avançant sur le seuil.

Ses traits étaient crispés, et ses yeux brillants.

— À l'hôpital. Le troisième jour.

Cayetano était sûr de lui mais cela ne l'empêcha pas d'être submergé par une joie éclatante. Un cri de triomphe silencieux résonna au plus profond de lui-même. Le trône d'Île d'Montagne était enfin à sa portée.

Il avait réussi.

Delaney Clark s'était retournée brusquement, comme si la femme venait de la frapper.

— Maman ?

Sa voix était trop douce à présent. Presque plaintive.

— De quoi parles-tu ?

— Je le savais, dit doucement sa mère, mais avec détermination. Je savais que le bébé qu'ils m'avaient apporté n'était pas le mien. Je l'ai dit et répété. Mais toutes les infirmières riaient. Elles me disaient que c'était mon premier enfant et que je n'avais pas l'habitude. Que j'étais assommée par les hormones, le manque de sommeil et tout ce qui s'ensuit. Mais je savais.

— Maman ? répéta Delaney Clark.

La panique perçait dans sa voix. Mais c'était inévitable, songea Cayetano.

— Pendant quelque temps je me suis dit que quelque chose clochait chez moi, poursuivit la femme, d'une voix de plus en plus ferme.

Alors seulement, elle regarda la fille qu'elle avait élevée. Le bébé qui n'était pas le sien.

— Ça n'avait pas d'importance, parce que je t'aimais. De tout mon cœur, Delaney. Échangée ou non. Mais l'échange explique des tas de choses jusqu'ici incompréhensibles. Que tu chantes juste, par exemple. Du plus loin qu'on remonte, aucun Clark n'a jamais eu d'oreille.

— Maman, c'est ridicule ! Un échange de bébés à l'hôpital ça n'arrive jamais ! La probabilité est aussi nulle que celle de voir un bébé enlevé par des fées. Et j'espère que tout le monde est d'accord ici pour reconnaître que les fées n'existent pas.

— Je sais ce que je dis, Delaney. Même si tu penses que depuis quelque temps je n'ai plus toute ma tête.

— Je ne pense pas ça du tout, maman. Mais je sais que tu es faible. Ce genre de mélodrame ne peut pas être bon pour toi.

— Je sais ce que je sais, répéta sa mère.

Elle indiqua Cayetano d'un signe de tête.

— Et lui aussi.

— Il y a une solution très simple pour trancher la question, déclara-t-il. Faire un test ADN rapide, ici même.

Sa future épouse lui lança un regard noir, mais sa colère sembla laisser place à l'appréhension alors qu'ils entraient dans la maison. Cayetano promena son regard autour de lui tandis que son médecin effectuait le test. C'était la première fois qu'il entrait dans une ferme américaine, mais le décor lui semblait étrangement familier. Les résultats furent presque immédiats, et le médecin les annonça après s'être éclairci la voix.

Delaney Clark n'avait aucun lien de parenté avec sa mère. En revanche, elle partageait 50 % de l'ADN de la reine Esme d'Île d'Montagne.

Les faits ne mentaient pas.

— Ce n'est pas possible, dit Delaney Clark.

Plus d'une fois. D'une voix qui ressemblait de moins en moins à celle qu'elle avait eue au début de leur conversation. Cayetano prit un ton conciliant.

— Comme je vous l'ai expliqué, c'est une vérité scientifique.

Il se surprit à être ému devant le regard accusateur des grands yeux bleus de sa future épouse.

— Pour vous peut-être, murmura-t-elle. Pour moi c'est autre chose. C'est ma vie.

Bien sûr, l'idée qu'une ferme pouvait être plus attrayante qu'un royaume le dépassait. Toutefois, qui mieux que lui pouvait comprendre l'attachement à la terre natale ? Il se cala dans son fauteuil, qui bien que fatigué était l'un des plus confortables dans lesquels il s'était jamais assis, et s'efforça de prendre un air compréhensif. À présent que le test avait été effectué, il devait plus que jamais s'efforcer de paraître moins autoritaire qu'à l'ordinaire. Si possible, il fallait qu'il apparaisse moins comme un chef de guerre que comme un futur époux. Ce qui risquait d'être compliqué pour lui… Malgré tout il devait essayer.

— Le moment est venu qu'une nouvelle ère commence à Île d'Montagne. Depuis trop longtemps le pays est coupé en deux. Depuis trop longtemps il est ravagé par des luttes fratricides. Tout le monde se méfie de tout le monde, et personne n'est en sécurité. Aucun avenir digne de ce nom n'est possible dans ces conditions. La guerre s'est éternisée, entrecoupée de trêves précaires, et des générations entières ont vécu dans l'attente du prochain coup de force. Il faut que ça cesse.

Delaney Clark, qui respirait avec une difficulté manifeste, resta muette. Cayetano regarda sa mère, assise à côté d'elle sur le canapé, mais la femme avait les yeux baissés.

— Vous pensez peut-être que je suis parti à votre recherche avant tout pour servir mes propres intérêts.

— C'est bien le cas, non ? dit Delaney Clark en lui lançant un regard étincelant de colère avant de baisser elle aussi les yeux. Vous voulez ce trône.

— Je suis le chef d'une moitié de mon pays, c'est vrai.

Il n'avait pas honte de l'admettre, au contraire. Pourtant, il n'aimait pas la façon dont ses paroles semblaient planer dans l'air entre eux.

— Je souhaite vous épouser non seulement parce que cela me garantira l'accès au trône, mais aussi parce que vous représentez l'autre moitié de mon pays. Je veux que notre mariage unisse tout le peuple d'Île d'Montagne.

— Votre peuple, vous voulez dire, objecta-t-elle les yeux toujours baissés. Des gens qui n'ont rien à voir avec moi.

— Mon objectif n'est pas la revanche, Delaney. C'est le renouveau. Mon pays en a besoin. Et vous êtes la seule à pouvoir le favoriser.

Elle resta silencieuse.

— Je ne sais pas comment vous imaginez le rôle d'une princesse, demanda-t-il.

Elle leva enfin les yeux. Son regard n'avait rien d'amical, mais Cayetano fut malgré tout assailli par une bouffée d'euphorie.

— Je n'y ai jamais réfléchi un seul instant. J'étais bien trop occupée par le travail à la ferme. Une multitude de tâches qui n'entrent pas dans les attributions des princesses, à mon avis.

— Peu importe. Ce qui compte c'est ce que nous accomplirons ensemble, vous et moi. Notre union ouvrira la voie à l'avenir. Les luttes sanglantes ne seront plus qu'un souvenir du passé. Ensemble, vous et moi, nous reconstruirons le pays.

C'était un discours vibrant. D'autant plus qu'il était sincère. Même s'il l'avait préparé avant de la rencontrer. En fonction de l'idée qu'il avait d'elle. Pourquoi avait-il tout à coup l'impression qu'il n'était pas approprié ? Mais c'était sûrement une fausse impression.

— Tout ce que vous avez à faire c'est dire oui.

En réalité, ce n'était même pas nécessaire. Mais on était aux États-Unis. Il ne s'intéressait pas particulièrement à ce qui s'y passait, mais comment ignorer que les Américains étaient très attachés à leur liberté ? Même si dans la réalité elle pouvait se révéler difficile à atteindre.

Mieux valait éviter de préciser à sa fermière que son consentement n'était pas indispensable. Inutile de lui faire savoir qu'en cas de refus il n'hésiterait pas à la hisser sur son épaule et à régler le problème conformément aux usages de son peuple.

Elle ne réagirait sans doute pas très bien.

Delaney Clark garda les yeux fixés sur ses mains pendant un long moment, puis elle les leva de nouveau vers lui et les plongea dans les siens.

— Je vous souhaite bonne chance. Mais c'est votre combat, pas le mien. Même si je m'intéressais à cet endroit lointain dont je n'ai jamais entendu parler, ce serait impossible. Ma place est ici. C'est mon pays.

Elle le congédiait, songea-t-il avec amusement. C'était si inhabituel que c'en était presque… agréable.

— Delaney…

— C'est impossible, le coupa-t-elle en secouant la tête comme si elle éprouvait une pointe de regret. Inenvisageable. Vous avez vu la ferme. Le travail ne peut pas se faire tout seul.

Sa mère changea de position sur le canapé qu'elles partageaient. Elle les regarda tous les deux tour à tour d'un air grave.

— On a besoin de moi ici, insista Delaney Clark avec un léger tremblement dans la voix en regardant sa mère, qui n'était pas réellement sa mère. Tu ne peux plus t'occuper de la ferme toute seule, maman, tu le sais. Tu ne peux plus.

La femme sourit à la fille qu'elle avait élevée, et que de toute évidence elle aimait.

— Je le sais, dit-elle d'une voix douce. Malgré tout, Delaney, je pense que tu devrais y aller.

3.

Delaney n'arrêtait pas de trembler. Elle ne se souvenait pas avoir déjà tremblé dans sa vie, mais là elle était comme une feuille agitée par le vent.

En principe elle devrait être furieuse de cette preuve de faiblesse, mais elle ne semblait même pas en avoir la force.

Pas au moment où tout son univers venait de s'effondrer.

Cayetano Arcieri murmura quelque chose et quitta la pièce en emmenant ses hommes avec lui. Elle ne connaissait pas cet homme qui avait fait irruption dans sa vie pour la mettre sens dessus dessous. Alors pourquoi était-elle surprise qu'il montre un peu de compassion ? À moins que ce soit du cynisme pur et simple. À présent que sa mère avait abondé dans son sens, il ne risquait rien à feindre la délicatesse en les laissant en tête à tête.

Mais peu importait ce qui se passait dans le cerveau de cet homme arrogant. Elle était trop bouleversée par la déclaration stupéfiante de sa mère pour s'attarder sur autre chose. Sa mère avec qui elle était à présent seule, dans cette ferme où elle avait passé toute sa vie. Où elle avait joué par terre sur le tapis quand elle était enfant. Où elle et sa mère – *qui n'est pas ta mère*, lui rappela cette voix intérieure venimeuse qui la poursuivait – passaient leurs soirées ensemble à coudre ou à tricoter tant que la lumière était suffisante.

Cette ferme, cette maison, c'était sa vie.

Comment sa mère pouvait-elle la pousser à partir ?

— Tu ne peux pas croire cette histoire ! s'exclama-t-elle avec véhémence. Quel que soit le résultat d'un test qui a pu facilement être trafiqué !

— Je sais que tu es bouleversée, répondit sa mère.

Elle semblait avoir soudain retrouvé toute l'énergie qui lui manquait depuis des années. Le cœur de Delaney se serra. Quelle tristesse que ça arrive maintenant, dans ces circonstances extravagantes…

— Je te comprends, je suis bouleversée moi aussi, ajouta-t-elle.

Delaney fut incapable de rester plus longtemps à l'autre bout du canapé. Elle se rapprocha de sa mère en tendant les mains, et un sanglot étouffé lui échappa quand celle-ci les saisit. Laquelle des deux serrait le plus fort les mains de l'autre ? C'était difficile à dire.

— Écoute-moi, dit sa mère d'une voix aussi ferme que ses doigts. *Tu es ma fille*. Ça ne fait aucun doute, tu es ma fille. Je t'ai ramenée de l'hôpital. Je t'ai aimée. Je t'ai élevée. Il n'y a aucune discussion possible sur ce point, Delaney. Tu es ma fille.

— Mais tu as dit…

Delaney s'interrompit, horrifiée. Cette eau qui coulait sur ses mains venait de ses yeux ? Elle ne pleurait jamais ! Les Clark ne pleuraient pas. Ils ne se donnaient pas en spectacle. Ils restaient stoïques, quoi qu'il arrive. Mais elle avait l'impression d'avoir été emportée dans un tourbillon.

— J'ai eu une impression bizarre à l'hôpital. Mais on m'a assurée que c'était dû au bouleversement hormonal. C'est tout. Par la suite, il m'est parfois arrivé de me souvenir de cette impression. Quand tu chantais, peut-être. Ou quand je me disais que tu n'avais pas le menton des Clark. Tous les Clark ont le menton pointu.

Elle tapota alors son propre menton, rond et volontaire.

— Tu n'as pas le mien non plus. Mais ce sont des détails. Je t'aime, Delaney. Je ne peux pas nier que je serais curieuse de rencontrer l'enfant que j'ai portée, mais ça ne changera jamais mon amour pour toi.

Delaney déglutit péniblement. Elle ne pouvait pas penser à cette autre enfant. Cette *princesse*, d'après Cayetano Arcieri. Mais comment croire un seul mot de ce qu'il racontait ? Ça n'avait aucun sens.

— Même si c'est vrai…

Elle ne le croyait pas un seul instant, mais sa mère oui, de toute évidence.

— Même si par extraordinaire cette histoire invraisemblable était vraie, ce n'est pas une raison pour que je parte je ne sais où avec cet homme. Cet inconnu. Ce n'est pas une raison pour que je l'épouse !

— On ne se marie généralement pas du jour au lendemain, répliqua sa mère avec une lueur étrange dans les yeux. Inutile de se précipiter. Mais je pense que ce qui se présente est une chance, Delaney.

— Une chance de quoi ? De tout remettre en question ? De découvrir que je ne suis pas qui je croyais ?

Elle aurait pu s'en passer, merci ! La seule chose qu'elle connaissait et qu'elle aimait depuis toujours c'était la ferme.

— Je sais que tu aimes cette terre, dit sa mère. Mais ça fait un moment que je me tourmente à ce sujet. Alors que mes forces déclinent, je te vois t'échiner à abattre seule le travail que se partageaient mon père et toute une équipe d'ouvriers agricoles. Comment pourrais-tu t'en sortir ? Personne n'en serait capable.

— C'est la terre des Clark. Je trouverai un moyen. Comme l'ont toujours fait les Clark.

— Je suis une vieille femme, à présent.

Elle tapota la main de Delaney, comme elle le faisait souvent. Une façon de dire : « Courage, mon enfant. »

— J'ai commencé à travailler cette terre à peine sortie de l'enfance. Parfois je me dis que j'aimerais vivre en ville pendant le temps qui me reste. Ce serait bien de pouvoir me déplacer à pied si j'en ai envie. De me la couler douce. De faire la grasse matinée sans avoir à m'occuper des vaches.

Le cœur de Delaney battait à tout rompre, et elle était au bord de la panique. Elle s'efforça de se concentrer sur sa mère plutôt que sur le tourbillon d'émotions qui lui donnait le vertige.

— Maman, si c'est ce dont tu as envie, pourquoi ne me l'as-tu jamais dit ?

— Comment aurais-je pu t'en parler ? Tu as déjà renoncé à tant de choses pour cette ferme. Tu es jeune, Delaney. Tu ne devrais pas être ici, isolée, loin de tout. Tu es plus souvent en contact avec des carrés de légumes qu'avec des gens de ton âge. Ce n'est pas naturel. Et ce n'est pas bon pour toi.

Delaney dégagea ses mains de celles de sa mère.

— Tu trouves que partir avec un inconnu qui fait irruption ici en annonçant qu'il veut m'épouser pour servir ses ambitions politiques, c'est plus naturel ?

— Quelle vie vas-tu mener si tu ne quittes jamais la ferme ? Je n'ai jamais pu me résoudre à te dire qu'à mon avis tu devrais faire d'autres expériences. Tu as toujours été si déterminée… Et tu n'as jamais rien demandé. Mais il semble que le destin s'en mêle, n'est-ce pas ? Tu sais déjà à quoi ressemble ta vie ici. Pourquoi n'irais-tu pas voir à quoi elle pourrait ressembler ailleurs ?

— Parce que je ne veux pas partir ! s'écria Delaney.

Tant pis si Cayetano Arcieri avec ses yeux d'or l'entendait.

— Je ne veux aller nulle part !

Sa mère lui tapota de nouveau la main. Avec cet air perspicace qu'elle avait toujours redouté. Parce qu'il ressemblait trop à celui de sa grand-mère. Et qu'il annonçait généralement qu'elle allait entendre des vérités qu'elle préférerait ignorer.

— Tu n'as vraiment pas envie de partir ? Pas de problème. Personne ne te forcera à t'en aller. Même pas lui avec toutes ses voitures, je te le promets.

— Merci, dit aussitôt Delaney avec soulagement.

Sa mère leva la main.

— Je me demande cependant si en réalité tu n'aurais pas plutôt *peur* de partir, précisa-t-elle en secouant la tête. Parce que si c'est le cas, ma chère fille, je te demande de bien réfléchir.

Il fallut deux jours à Delaney pour répondre à la question posée par sa mère. Furieuse contre elle-même, elle passa quarante-huit heures à tourner et retourner le problème dans son esprit. Et une bonne partie de ce temps à se laisser submerger par des émotions indignes de quelqu'un qui avait grandi dans le Midwest. Les natifs du Midwest n'étaient pas des émotifs, se répétait-elle fermement. Ils n'avaient pas l'habitude de sangloter dans leur oreiller. Mais à peine parvenait-elle à se ressaisir qu'elle se souvenait que ses origines n'avaient rien à voir avec le Midwest. Parce que les tests ADN ne mentaient pas, malheureusement. Elle avait fait des recherches sur Internet à ce sujet. Elle avait été élevée dans une ferme du Kansas, mais il se trouvait qu'en réalité elle était *une princesse*.

Elle ne parvenait pas à se faire à cette idée. Un inconnu était arrivé à la ferme un beau jour sans prévenir, et en quelques minutes la vie qu'elle croyait solidement enracinée dans cette terre depuis des générations s'était écroulée comme un château de cartes.

Comment ne pas en vouloir à cet homme ? Elle avait fait des recherches sur lui également. La plupart des articles de presse consacrés à Île d'Montagne et à l'actuel chef des rebelles étaient tout simplement dithyrambiques. Dans tous les journaux, sauf ceux de son pays. Elle se raccrochait à ça comme si c'était une preuve de sa duplicité. De toute façon, elle n'avait rien d'autre à quoi se raccrocher.

Tout le reste se dégradait, et très rapidement.

Sa mère avait décidé de déménager en ville. Elle avait l'intention de vendre la terre aux voisins, afin que la ferme reste en bonnes mains. Mais quand Delaney avait proposé de s'occuper du déménagement et de la vente, sa mère avait refusé. « Tu t'occupes de moi depuis beaucoup trop longtemps », avait-elle insisté. Encore et encore, jusqu'à ce que Delaney soit obligée d'accepter qu'elle parlait sérieusement. « Il est temps que tu partes vivre ta vie. »

Elle s'en allait donc. Contre son gré.

La flotte de SUV rutilants arriva beaucoup trop tôt ce matin-là. Et cette fois, seul Cayetano Arcieri descendit de voiture.

Ils se regardèrent. Lui, à côté du véhicule massif qui paraissait encore plus brillant que la première fois. Elle, sur le seuil de la maison jusqu'où elle s'était traînée après avoir fait ses adieux à sa mère, les yeux rouges et gonflés. Comment était-elle censée survivre à ça ?

Et quand serait-elle en mesure de prouver qu'elle avait survécu assez longtemps pour pouvoir rentrer chez elle ? À supposer qu'il lui reste un chez-elle après la vente de la ferme…

Sans compter que ce n'est pas ta mère, lui rappela la petite voix venimeuse qui ne cessait de lui répéter ce qu'elle n'avait pas envie d'entendre. Une voix qui n'avait rien à voir avec celle de sa grand-mère, malheureusement. Elle aurait tellement besoin d'entendre les commentaires de mamie Mabel… Même les plus pince-sans-rire.

— Vous ne semblez pas très enthousiaste, petite, dit Cayetano Arcieri.

— Parce que je ne le suis pas, répliqua-t-elle en le foudroyant du regard. Seriez-vous enthousiaste si vous étiez arraché à tout ce qui vous est familier pour être emmené de force dans un pays étranger parce que quelqu'un s'est mis dans la tête que votre sang va… être utile à quelque chose ?

Une esquisse de sourire fit frémir les lèvres de Cayetano Arcieri.

— Pensez un peu moins au sang et concentrez-vous plutôt sur tous les plaisirs qui vous attendent.

Pourquoi était-elle aussi fascinée par sa bouche ? Et pourquoi le mot « plaisirs » prononcé par cette bouche sublime lui faisait-il un tel effet ? C'était comme si des petites étincelles jaillissaient dans tout son corps. Il fallait qu'elle se ressaisisse au plus vite.

— Si vous parlez du mariage, oubliez-le.

Elle regretta aussitôt ses paroles. Pourquoi avait-elle associé le mot « plaisirs » à un mariage qui n'aurait jamais lieu ? Les joues en feu, elle poursuivit.

— Ma mère pense que je dois aller me rendre compte sur place de la vie qui est censée me revenir. Moi, je n'arrête pas de lui répéter que celle que j'ai déjà me convient très bien, mais elle insiste.

— Vous refusez de m'épouser ?

Curieusement, cette perspective ne semblait pas l'irriter. Il n'y avait plus rien d'arrogant dans son attitude. Il paraissait même amusé. C'était très déconcertant.

— En effet. Je refuse catégoriquement de vous épouser. Parce que cette idée est absurde. Je ne vous connais pas.

Il eut un nouveau sourire imperceptible, et elle sentit une chaleur incroyable l'envahir. Beaucoup plus intense que celle qui enflammait ses joues.

— Laissez-moi vous dire quelque chose à mon sujet. J'aime les défis, Delaney. Je n'ai encore jamais été confronté à une difficulté sans finir par la vaincre. Il vaut mieux que vous le sachiez dès maintenant.

Ses yeux avaient pris un éclat étrange qui décupla le trouble de Delaney. Elle eut soudain conscience de son corps comme jamais auparavant. Juste là, sur le seuil de la vieille ferme familiale, elle avait l'impression d'être… branchée sur une prise électrique. Ses seins étaient douloureux et semblaient plus lourds que d'habitude. Et puis il y avait tous ces petits frissons qui partaient de sa nuque et descendaient le long de son épine dorsale jusqu'au creux de ses reins. Mais le plus extraordinaire c'était cette chaleur délicieuse entre ses jambes…

Si elle n'avait jamais prêté attention aux garçons puis aux hommes qu'elle avait côtoyés, ce n'était peut-être pas par manque d'intérêt mais parce qu'aucun d'eux ne l'avait jamais électrisée d'un seul regard. Depuis qu'elle avait rencontré Cayetano Arcieri, c'était comme si elle était devenue une autre femme. Mais pas à cause du test ADN. À cause du regard qu'il avait posé sur elle en sortant de son SUV rutilant. Et de tous ceux qui avaient suivi depuis. Elle avait la conviction que quoi qu'il arrive elle ne serait plus jamais la même. Même si elle revenait ici comme elle en avait l'intention.

En même temps que cette révélation Delaney eut une intuition. En aucun cas elle ne devait parler à cet homme de ce qu'elle ressentait.

— Je pensais que votre mère allait sortir pour vous dire au revoir.

Elle tressaillit. Depuis combien de temps était-elle

clouée sur le seuil de la maison à regarder cet homme ? Sans doute un certain temps à en juger par la note subtile dans sa voix. Et voilà qu'il avançait vers elle… Elle faillit se tâter les joues pour vérifier à quel point elles étaient chaudes mais elle se ravisa. Ce serait trop révélateur.

Prenant une mine renfrognée, elle baissa les yeux sur le sac marin que sa mère l'avait poussée à prendre.

— Nous nous sommes déjà dit au revoir. Nous n'avons pas besoin de nous donner en spectacle devant vous.

— Je comprends. La séparation doit être difficile.

En fait, elle n'était pas sûre d'y survivre. Mais pas question de verser une larme de plus. Surtout devant Cayetano Arcieri. Pour se changer les idées, elle se concentra sur sa tenue. Il portait un autre de ces complets sur lesquels elle commençait à changer d'avis. Parce qu'il fallait reconnaître qu'il les portait avec une suprême élégance. Même ici, à la ferme, où il devrait plutôt avoir l'air ridicule dans ce genre de costume.

Rien chez cet homme n'était ridicule.

Mais il avait beau être superbe, c'était à cause de lui qu'elle était obligée de partir. Elle attrapa son sac d'un mouvement brusque, puis faillit laisser échapper un petit cri étranglé lorsqu'il le lui prit des mains. Puis le reposa par terre.

— Ma femme devra porter de nombreux fardeaux. Puisque c'est mon lot, ce sera également le sien. Mais moi vivant elle ne portera jamais ses bagages.

Il l'entraîna vers le SUV dont il était sorti tout en levant la main en direction d'un autre véhicule. Aussitôt une portière s'ouvrit, et un de ses hommes se précipita pour récupérer son sac. Pendant ce temps il la fit monter à l'arrière de son SUV et en referma la portière. L'intérieur était sombre. Frais. Et très bruyant. Non, ce bruit c'était celui des battements de son cœur. Et ce dernier s'affola de plus belle quand Cayetano Arcieri s'installa à côté d'elle sur la banquette. Une bouffée de panique lui coupa le souffle.

— J'ai commis une terrible erreur.

Au lieu de le penser elle le dit à voix haute, mais elle le comprit seulement lorsque Cayetano Arcieri se rapprocha d'elle et lui prit la main dans un geste de réconfort. Décontenancée, elle se figea. Il ne lui pressa pas doucement les doigts comme l'aurait fait sa mère. Plus les secondes passaient, plus la chaleur de sa paume s'intensifiait, moins elle trouvait ce geste réconfortant. En principe il devrait dire quelque chose, non ? Faire avec son assurance habituelle une de ces déclarations qui suggéraient que tout allait bien puisque le monde n'avait pas d'autre choix que de se plier à sa volonté…

Il resta silencieux. Et ce fut seulement lorsqu'elle se surprit à expirer longuement qu'elle se rendit à l'évidence. Le simple fait qu'il lui tienne la main était… apaisant. Enfin, pas seulement… Ça déclenchait des tas de réactions dans tout son corps, mais dans l'ensemble c'était quand même apaisant. Par quel miracle un homme aussi autoritaire et arrogant pouvait-il l'apaiser ? C'était incompréhensible. Il lui fallut un long moment avant de se décider à lever les yeux vers lui, et quand elle rencontra son regard elle fut saisie par son éclat insoutenable.

À cet instant, il lui lâcha la main pour prendre son téléphone qui vibrait dans sa poche. À son grand dam elle faillit protester. Que lui prenait-il ? Elle mourait d'envie de reprendre sa main. C'était insensé… Il s'adressa alors au chauffeur, et le SUV démarra, tandis qu'il reportait son attention sur son appel en étendant ses longues jambes devant lui.

Il parlait à toute vitesse, et elle ne comprenait pas un mot de ce qu'il disait. Du français ? Possible, mais les seules fois où elle avait entendu parler français c'était à la télévision. De l'italien, peut-être. Elle regardait parfois des émissions de cuisine dans cette langue. En tout cas, l'envie de protester parce que son attention n'était plus concentrée sur elle l'avait quittée. Heureusement ! Ce répit était un soulagement. Elle avait besoin de redevenir elle-même. Même si c'était pour la dernière fois.

Parce que cette voiture – cet homme – l'emmenait loin du seul endroit qu'elle avait jamais connu.

— Tu ne peux pas avoir réellement l'intention de vendre la ferme, avait-elle protesté auprès de sa mère.

— Si je m'étais écoutée je l'aurais vendue après la mort de ta grand-mère, avait-elle répliqué. Mais c'était tout ce que tu avais. Aujourd'hui, je veux que tu aies une vie meilleure. Tu le mérites.

— C'est parce que je ne suis pas ta fille.

Elle avait osé dire ça. Avec le sentiment horrible de ne plus être la bienvenue dans cette cuisine que jusque-là elle considérait un peu comme une partie d'elle-même.

— Tu es ma fille ! avait affirmé sa mère d'un ton véhément. Tu seras toujours ma fille. Mais je ne veux pas que cette maudite ferme t'empêche de saisir une occasion comme celle-ci.

— Devenir une femme trophée ne m'intéresse pas ! Tu devrais le savoir.

— Alors fais en sorte de ne pas en devenir une, avait répondu sa mère.

Elle avait même ri, ce qui avait serré le cœur de Delaney.

— Sois qui tu veux être. Promets-moi seulement de donner une chance à cette histoire, Delaney. C'est tout ce que je demande.

Comment aurait-elle pu rester insensible à une prière qui venait du fond du cœur ? Même si d'un point de vue biologique Catherine Clark n'était pas sa mère, pour tout le reste elle l'était et le serait toujours. Comment lui dire non ? Jusqu'à l'apparition de Cayetano Arcieri, elle avait vécu avec la certitude qu'elle ne quitterait jamais la ferme. Et il fallait reconnaître qu'elle avait souvent éprouvé une certaine nostalgie en voyant des images de pays lointains à la télévision et en s'imaginant marchant pieds nus sur une plage de sable blanc, ou escaladant une montagne lointaine. Ou tout simplement… ailleurs dans un endroit totalement étranger.

Chaque fois que sa mère avait surpris ces moments de mélancolie, Delaney s'était empressée de lui assurer que tout ce qui comptait pour elle c'était la ferme. La terre. Parce qu'à quoi bon se laisser aller à rêver quand la période des semis approchait ? « Un jour tu verras le monde, Delaney », disait régulièrement sa mère. Et elles riaient toutes les deux parce qu'elle n'avait aucune chance de le voir autrement qu'à la télévision.

Jusqu'à maintenant.

« Promets-moi seulement de donner une chance à cette histoire », lui avait demandé sa mère ce matin-là.

« Je te le promets », avait-elle murmuré. Qu'aurait-elle pu faire d'autre ? Ensuite elle avait fondu en larmes quand sa mère l'avait serrée dans ses bras comme si c'était la dernière fois.

« Renoncer à quelque chose qu'on ne connaît pas ne représente pas un grand sacrifice. Mais ce sont seulement les choix douloureux qui nous font avancer », lui avait dit un jour mamie Mabel.

Eh bien, ce choix était douloureux. Très douloureux.

Mais peut-être qu'avec le temps le fait de l'admettre parviendrait à la réconforter. Il était possible qu'elle soit en route pour une aventure passionnante. Et si elle était aussi perturbée, c'était peut-être parce que sans vouloir se l'avouer elle était aussi excitée qu'angoissée.

Peut-être avait-elle le sentiment que le reconnaître serait une trahison. Elle n'en savait rien.

Une seule chose était sûre. Voir la ferme s'éloigner lui fendait le cœur.

4.

Que la princesse perdue d'Île d'Montagne puisse refuser de se marier avec lui n'avait jamais effleuré Cayetano.

C'était grotesque ! D'ordinaire avec les femmes il était au contraire obligé de prendre des précautions pour éviter qu'elles se mettent en tête de se faire épouser. Il n'avait jamais eu l'intention de se marier. Il passait d'ailleurs rarement plus d'une nuit ou deux avec la même femme pour éviter tout malentendu.

Il n'était pas comme les autres hommes. Il pouvait s'accorder des moments de plaisir, mais sa vie était avant tout placée sous le signe du devoir. De lourdes responsabilités pesaient sur lui. Le destin de son peuple était entre ses mains. Prêt à tout sacrifier pour son pays, il s'était engagé depuis longtemps déjà à ne pas suivre les traces de ses parents. Son père, mort trop tôt, avait laissé derrière lui une situation inextricable. Quant à sa mère, elle s'était fourvoyée. Il n'aimait pas penser à cette époque où, encore très jeune, il était impuissant et loin de tout ce qui comptait pour lui. Il s'était promis de ne plus jamais être aussi désarmé. De ne pas commettre les mêmes erreurs que ses parents et de ne jamais se laisser dominer par ses sentiments.

Jamais il ne manquerait à son devoir par amour. Il se l'était juré solennellement.

Île d'Montagne passait avant tout le reste. Pour toujours.

Pendant les longues recherches qu'il avait accomplies pour retrouver la princesse perdue, il n'avait jamais pensé à la femme elle-même. Seule la fonction qu'elle était amenée à remplir lui importait. Tandis qu'ils s'éloignaient de sa ferme, il n'avait eu qu'une idée en tête. La mettre en condition pour jouer le rôle qu'il attendait d'elle. C'était pour cette raison qu'il lui avait pris la main. Qu'il avait tenté de lui apporter un peu de réconfort. Comme un amant l'aurait fait, alors qu'il avait été éduqué pour devenir un guerrier.

Mais il aurait mieux fait de s'abstenir. Ce contact avait été beaucoup trop troublant. Sentir son téléphone vibrer avait été un véritable soulagement. C'était la première fois de sa vie qu'il répondait avec autant d'empressement à un appel assommant. À l'avenir il devrait être plus prudent. Il fallait à tout prix qu'il garde son armure bien en place et qu'il reste fidèle au serment qu'il s'était fait autrefois. Tant pis si la main de sa future épouse semblait faite pour tenir au creux de la sienne. Ou si ce désir insensé le taraudait sans relâche.

Tandis que plusieurs de ses conseillers se succédaient au bout du fil, Cayetano se surprit à évoquer de vieux souvenirs, que d'ordinaire il préférait croire oubliés. Comme la dernière fois où il avait vu son père, toujours très distant, comme se devait de l'être un chef de guerre – très au-dessus des soucis sans importance et de la sentimentalité mièvre des gens ordinaires. Ou un peu plus tard son désarroi à la pension en Angleterre le jour où ses gardes lui avaient annoncé la mort de son père. Puis son sentiment d'impuissance et sa frustration quand il n'avait pas pu rentrer dans son pays pour assister aux funérailles et prendre la place qui lui revenait. Ce jour-là il s'était juré que lorsqu'il aurait atteint l'âge requis, il serait un chef de guerre inflexible. Imperméable aux sentiments.

Mais à quoi bon revivre le passé ? Ça ne servait à rien. Plutôt que de le ressasser, il préférait se concentrer sur l'avenir.

Le convoi arriva à l'aérodrome privé, où les attendait un jet. Il fit monter à bord la princesse perdue pour la ramener dans leur pays. Où ensemble ils allaient inaugurer une nouvelle ère. Enfin.

Alors que ses hommes se dispersaient à bord de l'appareil pour occuper leurs places habituelles, il conduisit Delaney Clark dans le salon. Et l'observa, amusé par le regard stupéfait qu'elle promenait autour d'elle.

— Avez-vous déjà pris l'avion ? demanda-t-il en réprimant un sourire.

— Jamais, répondit-elle, les yeux écarquillés. Mais je suis certaine qu'aucun avion à bord duquel j'aurais pu monter en temps normal n'aurait ressemblé à celui-ci.

— Je vous rappelle que vous êtes une princesse, Delaney. Vous allez devoir vous habituer à être traitée royalement.

Elle lui lança un regard si horrifié qu'il en était presque comique.

— Je ne sais pas en quoi ça consiste et je ne veux pas le savoir.

Il commençait déjà à la connaître un peu. Et ça n'avait rien à voir avec les réactions qu'elle déclenchait en lui. Ou pas grand-chose. Il l'avait longuement étudiée avant leur rencontre, puis observée depuis. Plusieurs signes trahissaient son tempérament têtu et rebelle. Comme la lueur de défi qui brillait en ce moment même dans ses yeux bleus. À vrai dire, il trouvait ça charmant. Il aimait la voir se hérisser. Parce que son entêtement ne serait jamais à la hauteur du sien. Et qu'à long terme il n'aurait aucun effet. Mais mieux valait éviter de le lui préciser maintenant.

Cayetano s'installa dans son siège préféré, puis fit signe à Delaney Clark de s'asseoir en face de lui. Sans surprise, elle préféra le canapé en cuir afin d'être le plus loin de lui que possible. Difficile de ne pas éprouver une certaine admiration devant ces petits gestes de rébellion, même s'ils étaient futiles.

— Je compatis à votre désarroi, déclara-t-il. Ça ne doit pas être facile d'apprendre qu'on n'est pas qui on croyait être.

— Si vous compatissiez réellement, vous ne seriez pas arrivé à l'improviste à la ferme pour m'arracher à tout ce qui fait ma vie depuis toujours.

— Que je compatisse ne change rien aux faits.

Alors que la plupart de ses conseillers n'osaient pas débattre avec lui, elle rétorqua d'un ton vif :

— Les faits tels que vous les voyez, vous voulez dire.

Il eut un sourire patient.

— Un fait est réel quel que soit l'angle sous lequel on le considère. Même si aujourd'hui beaucoup de gens prétendent le contraire. Un fait est un fait, qu'il soit plaisant ou non.

— Vous pouvez toujours multiplier les grandes déclarations, ça ne changera rien. Malgré les résultats du test, je n'ai pas du tout l'étoffe d'une princesse.

À quoi bon lui expliquer que seul son ADN comptait et que ce qu'elle pensait n'avait aucune importance ? Ça ne servirait qu'à jeter de l'huile sur le feu.

— Je comprends que tout cela soit difficile pour vous, déclara-t-il alors que l'avion commencer à rouler.

Il vit l'éclair de panique dans ses yeux bleus et la façon dont elle agrippa le bras du canapé. Mais ce furent les seuls signes qui trahirent son appréhension à la perspective du décollage. Relevant le menton elle déclara :

— Je vous annonce que je n'ai pas de passeport. Si

bien qu'à un moment ou à un autre vous allez découvrir que vos grands projets sont destinés à…

Elle s'interrompit alors qu'il sortait un passeport américain de sa poche de poitrine.

— J'ai pris la liberté d'en faire établir un pour vous.

Il l'ouvrit pour lui montrer la photo.

— Comment est-ce possible ? demanda-t-elle, visiblement désarçonnée.

Il haussa les épaules.

— Vous apprendrez que des tas de choses deviennent possibles quand on est prêt à payer pour.

— Je ne comprends pas. Je pensais que vous étiez à la tête d'une bande de rebelles cachés dans les montagnes. Comment pouvez-vous posséder un jet privé ? Et assez d'argent pour faire des choses impossibles ?

L'avion décolla, et elle étouffa un petit hoquet qu'il ignora avec courtoisie, feignant de se plonger dans ses pensées.

— La famille royale actuellement au pouvoir a déployé beaucoup d'énergie pour tenter de nous priver de ressources, déclara-t-il quand l'avion eut atteint son altitude de croisière et qu'elle eut repris des couleurs. Par le biais de sanctions, d'embargos et de lois iniques ne visant que la partie de l'île dont nous étions maîtres. Nous avons donc bâti un château dissimulé dans le flanc d'une montagne, dont nous seuls connaissons l'existence.

« Cependant, beaucoup de choses ont changé avec le dernier accord de paix. Nous ne sommes plus obligés de nous cacher. Par ailleurs, ma famille a toujours pris soin de préserver ses ressources les plus précieuses de la cupide famille Montaigne. »

Il était bien placé pour le savoir. Il faisait lui-même partie de ces ressources. Jugé trop précieux pour l'avenir du pays, il avait grandi loin de l'île, même pendant les périodes de paix.

Il gardait encore un souvenir très précis de son arrivée dans le froid et la bruine de l'Angleterre. De la brusquerie de son père lorsqu'il l'avait déposé à la pension, où il était resté sous la protection de plusieurs gardes. Parce qu'il était une cible facile. Tout le monde était d'accord sur ce point. Et lorsqu'il revenait sur l'île pour de brefs séjours c'était toujours furtivement. La prudence l'exigeait.

Une fois majeur, il était rentré définitivement à Île d'Montagne pour reprendre la place de chef de guerre occupée indûment par son beau-père en puissance et tenter de pardonner sa trahison à sa mère. Il avait chassé son beau-père dès son retour. En revanche, il n'avait pas encore réussi à accorder son pardon à sa mère. Mais c'était un problème secondaire. Son objectif principal, le but de toute son existence, c'était d'accomplir ce que personne n'avait accompli avant lui.

Briser l'étau dans lequel les Montaigne maintenaient l'île.

Parce que la paix avait beau régner depuis des années, tout le monde savait que ces derniers pouvaient rompre la trêve à tout instant.

Pour sa part il avait été éduqué comme un véritable chef de guerre du passé, prêt à se battre à mains nues si nécessaire. Si par moments le découragement le guettait, il lui suffisait de penser à tous les gens qui comptaient sur lui. À son peuple qui l'avait toujours soutenu, même à l'époque où il était encore en pension sur cette île froide et pluvieuse si différente de la sienne. Dommage que sa mère n'ait pas eu l'élégance d'en faire autant. Dommage pour elle avant tout...

— Quand vous parlez de la cupide famille Montaigne,

vous parlez de la famille qui selon vous est la mienne, c'est bien ça ?

La voix de Delaney Clark le ramena au présent.

— Je ne vois pas d'autre adjectif pour la qualifier, vu ses agissements au fil des siècles.

— Si cette situation dure depuis des siècles, comment espérez-vous la changer ?

— Je ne crois pas qu'un mensonge puisse perdurer une fois confronté à la vérité. Or, vous êtes l'incarnation de cette vérité, petite.

— Je ne suis qu'une fermière. Je n'incarne rien. À part peut-être la poussière du Kansas.

— L'ADN auquel vous attachez si peu d'importance incarne cette vérité pour vous. Ce qui compte ce n'est pas ce que vous pensez être. C'est ce que révèle votre sang.

— Ça, c'est votre opinion.

— Je suis Cayetano Arcieri, chef de guerre. Et bientôt mon opinion aura force de loi.

Elle cilla, mais ne baissa pas les yeux. Au contraire, elle le regarda d'un air réprobateur.

— Si c'est exact, c'est immoral.

Cayetano faillit pouffer. Ce qui ne lui ressemblait pas du tout. Sa princesse perdue avait décidément du caractère. Qui dans son entourage, se permettrait de lui faire une telle remarque ? Personne.

— La porte de gauche ouvre sur une chambre d'amis, dit-il en indiquant la porte en question d'un signe de tête. N'hésitez pas à vous y installer. Si vous avez besoin de quoi que ce soit, vous me trouverez ici ou dans la chambre située juste en face.

— Je n'ai aucune raison d'avoir besoin de vous, rétorqua-t-elle d'un ton vif qui trahissait son trouble aussi sûrement que le rouge qui se répandait sur ses joues.

Il attendit qu'elle disparaisse derrière la porte, qu'elle

verrouilla bruyamment, pour s'autoriser un sourire amusé. Mais il reprit très vite son sérieux et appela ses conseillers. Il était temps de se remettre au travail pour régler les détails de la prochaine étape de son plan.

L'œuvre de sa vie, et de tant de vies avant la sienne, serait bientôt accomplie.

Mais bientôt, Cayetano dut se rendre à l'évidence. Il était incapable de se concentrer. Au lieu de réfléchir à la meilleure stratégie à adopter pour révéler au monde l'existence de sa princesse perdue, il ne cessait pas de penser à la main qu'il avait tenue dans la sienne. Avec ses ongles courts et sa peau rugueuse en raison des travaux de la ferme, ce n'était pas une main de princesse. Mais loin d'être rebuté, il était charmé. Attendri. Depuis quand était-il devenu aussi niais ? Mais il y avait encore pis.

Lui qui avait toujours apprécié les femmes sophistiquées aux ongles manucurés et à l'élégance raffinée, il était submergé de désir quand il imaginait ces mains calleuses se promenant sur sa peau, se refermant sur son sexe… L'idée même d'une princesse aux mains de fermière l'excitait au plus haut point. D'autant plus que cela n'empêchait pas Delaney Clark d'avoir une classe folle. Même si elle n'en avait pas conscience.

Il acquiesça d'un signe de tête à une remarque d'un de ses conseillers.

— Oui, elle fera une reine parfaite.

Mais ce fut une autre pensée qui s'imposa à lui. *Elle fera une épouse parfaite.* Ce qui n'avait rien à voir avec son importance stratégique. Alors qu'il était en réunion avec ses hommes. Qui comptaient sur lui pour prendre des décisions rationnelles.

— Son métier d'origine est un atout, ajouta-t-il. Comme vous le savez, les reines d'Île d'Montagne ne sont pas réputées pour leurs compétences professionnelles.

Cette remarque déclencha un concert d'approbations et une demande unanime : qu'il soit mis fin au règne des Montaigne, une fois pour toutes. Une demande habituelle qui avait ce jour-là des accents joyeux. Parce qu'ils savaient tous qu'ils touchaient au but.

Pendant que ses conseillers se réjouissaient, Cayetano réfléchissait. Quand ses enquêteurs avaient commencé à se renseigner discrètement en prétendant chercher des terres à acheter, la première chose que tout le monde leur avait signalée c'était que Delaney Clark travaillait avec acharnement. Comme si elle était née avec pour mission de sauver cette ferme.

Comment ne pas rêver à ce qu'une femme comme elle pourrait faire pour son pays ? Ou pour lui-même. Personnellement il n'avait jamais eu besoin de personne, mais une fois devenu roi il lui serait indispensable d'avoir à ses côtés une reine qui le soutienne au lieu de le défier. Surtout pas une femme comme sa mère, pleine d'amertume et de ressentiment. Tournée vers le passé et déterminée à prendre sa revanche sur toutes les injustices de l'histoire, au lieu de regarder vers l'avenir, sauf quand ça pouvait servir ses intérêts. Certes, il ne fallait jamais oublier l'histoire. Il était le premier à le reconnaître puisque toutes ses actions étaient déterminées par le passé de son peuple et de l'île. Cependant, il y avait certaines erreurs à ne pas commettre. Ce que n'avait pas compris sa mère.

Therese Arcieri s'était prise pour une faiseuse de rois. Sa famille était solidement enracinée dans l'île, si bien qu'après la mort de son mari, le père de Cayetano, elle s'était imaginé que son approbation suffirait à élever l'homme de son choix au rang de chef de guerre. Au détriment de son propre fils. Une trahison impardonnable qui avait obligé Cayetano à réagir. Se retourner contre sa mère avait tué quelque chose en lui. Sans doute irrémédiablement.

Mais il avait estimé que rien n'était plus important que son devoir envers son pays et avait repris la place qui lui revenait. Il s'était battu à l'épée contre l'amant de sa mère, l'avait vaincu, puis l'avait épargné. Son peuple l'avait soutenu et l'avait proclamé chef de guerre alors qu'il sortait à peine de l'adolescence. À vingt et un ans, il avait embrassé son destin.

Il avait également épargné sa mère, même si elle ne le méritait pas. Bien sûr, elle n'appréciait pas du tout la façon dont il avait choisi d'exercer sa clémence, mais elle était toujours vivante. Alors qu'il aurait été en droit de la condamner au châtiment suprême.

Beaucoup l'avaient souhaité. Certains le réclamaient encore.

Mais il n'avait jamais cédé. *Parce que contrairement à ce que tu prétends tu es aussi sentimental que n'importe qui*. Serrant les dents, Cayetano s'efforça de faire taire cette petite voix. Non, il n'était pas sentimental. Il n'avait jamais eu l'occasion de l'être. Si sa mère était encore en vie, c'était parce qu'il estimait que la clémence contribuait à renforcer l'autorité d'un chef, contrairement à l'opinion de certains. Pas parce qu'il était sentimental.

Quand la réunion avec ses conseillers fut terminée, il alla s'allonger dans sa chambre. Delaney Clark n'avait rien à voir avec Therese Arcieri. Pour commencer, elle n'avait aucune envie de devenir reine. Elle avait quitté sa ferme à contrecœur. Du point de vue de Cayetano, ce simple fait la plaçait déjà très au-dessus de n'importe quelle candidate au titre. Tous les gens avides de pouvoir faisaient de mauvais gouvernants.

Pour sa part, s'il voulait le trône ce n'était pas par ambition personnelle. Il avait été élevé pour conquérir le pouvoir, mais pendant ses années d'études en Angleterre il s'était longuement interrogé sur ses motivations. Et il en était arrivé à une conclusion très simple. La conquête du pouvoir en elle-même ne l'intéressait pas. Son unique ambition était de mettre fin à la division de son pays. Il voulait qu'Île d'Montagne redevienne une nation unie. Or, la force ne permettrait jamais d'atteindre cet objectif. La victoire par les armes ne servirait qu'à inverser les positions des deux camps opposés. Pour réunifier le pays il avait besoin de Delaney Clark.

Avec une Montaigne sur le trône, les royalistes des villages côtiers seraient satisfaits. Mais pour que les habitants de la vallée le soient également, il fallait que le trône soit partagé avec un Arcieri. Delaney Clark était la chance que son peuple attendait depuis des siècles. Il en était persuadé et avait bien l'intention de réussir là où tout le monde avait échoué avant lui.

Et peut-être bien que par la même occasion, le partage du trône avec sa petite fermière présenterait encore plus d'avantages que prévu.

[illegible] une conclusion [illegible] simple. La conquête [illegible]

[illegible] Monaco [illegible]

[illegible]

Avec une Mo[illegible] ligne [illegible] des [illegible] habitants de la vallée [illegible] également [illegible] sur [illegible] Delmas [illegible] que son peuple attendait depuis des siècles [illegible]

Il peut en être une par la [illegible] la partie [illegible] avec [illegible] présentait [illegible] plus d'avantages qu'inconvénients.

5.

Elle ne l'aurait avoué pour rien au monde, mais plusieurs heures plus tard Delaney éprouva un frisson d'excitation lorsqu'elle regarda par le hublot alors que l'avion amorçait sa descente.

Ne devrait-elle pas être en larmes, si loin de chez elle et sans maison où retourner avec sa mère décidée à vendre ? Mais il était vrai qu'à la ferme elle n'était pas vraiment chez elle puisqu'elle n'était pas une Clark.

Elle avait passé tout le vol enfermée dans sa chambre, où elle avait effectué une autoformation intensive sur tout ce qui concernait Île d'Montagne. Elle avait déjà fait quelques recherches pendant les jours qui avaient suivi l'apparition de Cayetano Arcieri, mais avant tout dans l'espoir de trouver des arguments pour réfuter les affirmations de ce dernier. Au lieu de ça, elle avait vu des photos d'une princesse qui lui ressemblait un peu si on faisait abstraction de ses robes somptueuses et de ses diadèmes. Mais instantanément elle avait trouvé insupportable d'observer la femme avec qui elle avait été échangée dans un hôpital du Milwaukee.

Parce que la princesse Amalia n'avait pas choisi cette situation elle non plus. Cela lui avait donné le frisson. Mais maintenant elle avait surmonté ses réticences et avait regardé des photos de la princesse qu'elle n'était pas. Elle avait étudié attentivement son visage et ne pensait pas avoir été victime d'une illusion quand elle avait reconnu le menton Clark. Ce menton qu'elle n'avait jamais eu. Prise de vertige, elle s'était recroquevillée sur le lit en s'efforçant de retrouver une respiration normale. Et pendant un moment elle avait bien cru qu'elle n'y parviendrait pas. Elle avait eu l'impression de se craqueler et de tomber en morceaux dans ce jet luxueux qui l'emportait vers un futur qu'elle était incapable d'imaginer.

Elle n'avait jamais eu à imaginer son avenir. Elle avait toujours vécu avec l'idée qu'elle le connaissait. Des saisons qui se succédaient. Des bonnes et des mauvaises années. La sécheresse et la rouille. Il y avait des milliers de choses qui pouvaient perturber la récolte, y compris les banquiers. Mais elle savait à quoi s'attendre. À présent ses légumes allaient pousser sans elle et, curieusement, c'était cette pensée qui lui avait noué la gorge. Elle était restée roulée en boule sur le lit à refouler ses larmes beaucoup plus longtemps qu'elle ne l'aurait dû.

Quand elle avait enfin réussi à se ressaisir, elle s'était remise à étudier la vie que Cayetano Arcieri semblait avoir prévue pour elle. Sans avoir de nouveau envie de pleurer, elle avait été prise de panique à l'idée qu'il voudrait peut-être qu'elle se comporte comme une princesse. Et sa panique n'avait fait qu'augmenter quand elle s'était imaginée en train de lui expliquer qu'il n'en était pas question. Qu'elle était là pour l'aventure, rien de plus.

Mais à présent, si son cœur battait un peu trop vite, c'était parce qu'elle voyait la mer sous elle. Une vraie mer. La première qu'elle voyait en dehors d'un écran de télévision. Elle distinguait l'écume des vagues, mais le plus frappant était sa couleur. Elle savait que la mer était bleue, mais rien ne l'avait préparée à une telle variété de bleus. Azur, bleu-vert, indigo, bleu marine... Inutile de préciser qu'il n'y avait aucune mer d'aucune sorte dans le Kansas. En fait, elle n'était même pas sûre qu'il y avait du bleu.

L'avion volait à présent au-dessus d'une île qui paraissait irréelle. Elle était trop parfaite. Trop belle. Il y avait des plages de sable blanc qui semblaient trop préservées pour qu'on puisse y poser le pied. Et sur le flanc de la montagne, des villages de maisons blanc, bleu et ocre. L'avion vira sur l'aile puis commença à descendre vers une vallée verte dans laquelle il y avait des champs. Ils ne ressemblaient pas à ceux qu'elle avait laissés dans le Kansas, mais la présence de cultures – même s'il ne s'agissait pas de maïs – avait quelque chose de réconfortant. Elle se sentait un peu moins… à la dérive, peut-être.

Même s'il y avait une grande probabilité pour qu'elle ne se sente pas tout à fait elle-même pendant un certain temps. Parce qu'elle n'était effectivement pas elle-même. Comment était-elle censée se débrouiller avec cette vérité ? Déglutissant péniblement, elle s'efforça de concentrer son attention sur les champs et les villages qui se trouvaient sous l'appareil. Il était hors de question de pleurer. L'idée de montrer son émotion à quelqu'un – surtout à l'arrogant Cayetano Arcieri – était insupportable. D'autant plus qu'elle ne ressentait pas seulement du désarroi. Il y avait toujours au fond d'elle cette pointe d'excitation qui lui donnait mauvaise conscience. Comment pouvait-elle trouver agréable une seule seconde de cette comédie ? Elle s'en voulait terriblement.

Elle s'efforça de nouveau de se concentrer sur la vue au-dessous de l'avion. Nul doute que la forteresse bâtie dans le flanc de la montagne au bout de la vallée était le château dont lui avait parlé Cayetano Arcieri. Où pouvait-il résider, ce chef de guerre, sinon dans une imposante citadelle de pierre avec le reste du monde à ses pieds ?

Après tout ce qu'elle avait lu pendant le vol, elle en savait davantage sur Île d'Montagne mais également sur lui.

Certains le désignaient par le même terme qu'il employait : « chef de guerre », mais d'autres l'appelaient : « le roi légitime d'Île d'Montagne ».

Dès qu'ils débarquèrent de l'avion, elle fut frappée par sa transformation. Il n'était plus le même. Il n'avait pas changé d'attitude, mais semblait en parfaite harmonie avec le lieu. Une nouvelle vague de chagrin la submergea au souvenir de ce qu'elle avait perdu quand cet homme était venu l'arracher au lieu avec lequel elle se sentait en parfaite harmonie.

Sur le tarmac, les hommes qui avaient accompagné Cayetano Arcieri dans le Kansas furent rejoints par d'autres hommes, aussi imposants et solennels. Ils parlaient tous cette même langue qu'elle ne comprenait pas, mais ce fut Cayetano Arcieri en personne qui l'entraîna vers un SUV aussi rutilant que ceux avec lesquels il était arrivé à la ferme. Alors qu'ils démarraient elle se prépara à une nouvelle leçon sur l'ADN, qui faisait d'elle une princesse, mais il se contenta de lui lancer un coup d'œil avant de prendre son téléphone.

Il n'était pas nécessaire de comprendre ce qu'il disait pour constater qu'il parlait sur un ton impérieux. Elle repensa à un article de fond qu'elle avait lu pendant le vol et qui chantait les louanges du « véritable roi d'Île d'Montagne ». L'héritier légitime du trône depuis longtemps disputé. Il se trouvait que l'homme qui avait fait irruption à la ferme était un sujet récurrent dans les médias du monde entier. La situation des rebelles faisait l'objet de débats à travers toute la planète. Les observateurs louaient la paix qui durait depuis soixante-dix ans, mais la plupart prévoyaient qu'elle prendrait fin dans le sang et les larmes.

Delaney ne connaissait peut-être rien aux rivalités entre rois ni aux conflits territoriaux qui remontaient au Moyen Âge, mais elle avait la conviction que Cayetano Arcieri était bien tel que le décrivaient les articles qu'elle avait lus. Ingénieux. Responsable. Et plus diplomate que ses ancêtres. Selon tous ces articles, il représentait pour la famille royale d'Île d'Montagne la plus grande menace depuis la dernière guerre civile très meurtrière du XVIIIe siècle. Nul doute qu'il était tout aussi dangereux pour elle. Mais curieusement, au lieu de l'angoisser cette certitude faisait battre son cœur de façon plutôt joyeuse.

Plutôt que d'essayer de comprendre ce que cela signifiait, Delaney préféra se concentrer sur les champs verdoyants et les vignobles qui défilaient derrière la vitre sous le soleil printanier. Ainsi que sur les petits villages éparpillés le long de la route qui les rapprochait peu à peu de cette forteresse bâtie dans le flanc de la montagne.

Tout à coup, elle s'aperçut que Cayetano Arcieri n'était plus au téléphone. Elle lui jeta un coup d'œil furtif et constata qu'il l'étudiait de ce regard pénétrant qui la troublait tant. Le souffle court, elle sentit des frissons courir le long de ses bras et de son épine dorsale. Quand il la regardait, elle avait l'impression de basculer en avant et de tomber tout au fond d'une mer chaude et dorée comme ses yeux. Alors qu'elle savait parfaitement qu'elle était toujours assise sur son siège, immobile.

— Comment trouvez-vous ma région ? demanda-t-il d'un ton indiquant qu'une seule réponse était possible.

Heureusement, c'était justement c'était la seule qu'elle avait envie de faire.

— Très belle, dit-elle en se calant contre le dossier de la banquette et en croisant les mains sur les genoux.

Avec un peu de chance, cette attitude lui donnerait un air distingué…

— Mais si vous vivez au grand jour alors que le pays est en conflit permanent, il ne devrait pas être difficile pour vos ennemis d'envahir cette vallée et de vous éliminer tous.

L'éclat des yeux d'or fixés sur elle s'intensifia. Aussitôt, elle sentit la chaleur qui circulait dans tout son corps en faire autant.

— Décidément, vous êtes assoiffée de sang, murmura-t-il d'un ton qui suggérait que cela lui plaisait.

C'était pour le moins déconcertant. Elle sentit les battements de son cœur s'accélérer. Comme s'ils n'étaient pas déjà assez rapides…

— Pas du tout. J'imaginais simplement que les armées rebelles passaient leur temps cachées sous la terre dans des tunnels ou quelque chose comme ça.

Ce n'était pas les articles qu'elle avait lus qui lui avaient donné cette impression. Sans doute était-elle due aux films d'action que sa mère et elle avaient regardés ensemble au fil des années. Mais elle n'avait aucune envie d'évoquer ce genre de souvenirs. C'était trop déstabilisant.

Cayetano Arcieri changea de position sur la banquette pour la regarder dans les yeux. D'un côté, c'était mieux ; elle se sentait moins fragile, curieusement. Mais d'un autre côté, ça décuplait les réactions que déclenchait son regard dans tout son corps.

— Nous ne sommes plus au Moyen Âge, Delaney. Nous ne sommes plus obligés de nous cacher et de prier pour que le jour de la victoire arrive enfin. La paix a été déclarée, et elle dure depuis de longues années. Et puis, il n'y a plus d'endroit sur cette planète où des atrocités peuvent être commises sans que cela entraîne des conséquences fâcheuses. Internet est partout.

— Je ne suis pas sûre que je me fierais à Internet pour ma sécurité.

— Bien sûr Internet a également des aspects négatifs, mais il se trouve qu'il sert nos intérêts en raison de la vanité de la reine Esme qui surpasse celle de son père, aussi incroyable que cela puisse paraître. Elle veut avoir la réputation d'une bonne reine, voyez-vous. Je pense qu'Elizabeth II est inévitablement prise pour modèle par les autres souveraines. Mais comment peuvent-elles espérer régner aussi longtemps ou parvenir à un tel niveau de popularité ? Elles n'ont aucune chance. Malgré tout, Esme nourrit de grandes ambitions européennes. Elle sait que si elle donnait libre cours à son tempérament colérique, le prix à payer serait très élevé.

— Je suppose que dans ce cas précis Internet présente des avantages.

— C'est ce que nous nous disons, en tout cas. Et pour l'instant nous sommes toujours là.

Ils arrivèrent en contrebas de la grande forteresse où la route s'interrompait au pied de la falaise. Sans doute y avait-il un chemin par lequel il fallait monter à pied jusqu'à l'entrée du château, songea Delaney. Mais alors qu'elle s'attendait que le SUV s'arrête, il continua de rouler vers la falaise sans ralentir. L'estomac noué elle se raidit sur son siège, puis laissa échapper un soupir de soulagement quand elle constata que ce qu'elle avait pris pour une ombre sur la paroi de la falaise était en réalité un tunnel.

— C'est une illusion d'optique qui nous est très utile, dit Cayetano Arcieri alors que l'intérieur du véhicule était plongé dans l'obscurité.

Avant qu'elle ait le temps de trouver quelque chose à répondre, ils débouchèrent dans une cour intérieure. Une cour immense entourée de murs de pierre qui s'élevaient très haut vers le ciel sur plusieurs niveaux, certains percés de fenêtres creusées dans le roc, d'autres constitués de galeries ouvertes. Cette construction en étages présentait sans aucun doute un intérêt militaire, se dit-elle. Cependant, cela n'enlevait rien à la beauté du lieu. La hauteur des murs n'empêchait pas le soleil d'inonder de lumière les fontaines et la verdure parsemée de fleurs aux couleurs vives qui égayaient la cour.

Le véhicule finit par s'arrêter devant la plus majestueuse des entrées qui donnaient sur la cour. Cayetano Arcieri descendit, lui ouvrit la portière et la mena à l'intérieur du château. Ils franchirent des portes voûtées, remontèrent de longs couloirs aux murs décorés d'œuvres d'art sans doute hors de prix, traversèrent de vastes pièces au décor somptueux inondées de lumière. Toute cette splendeur, tout cet espace, ça donnait le vertige à Delaney. Elle avait l'impression de marcher depuis des heures. Quant à tenter de se repérer, elle y avait rapidement renoncé. C'était impossible. D'autant plus que la main de Cayetano Arcieri posée au creux de ses reins ne l'aidait pas à se concentrer… Brûlante, elle faisait courir des frissons ininterrompus dans tout son corps.

Lorsque cette main finit par se détacher de son dos, Delaney éprouva un choc. Et prit conscience avec surprise qu'elle se trouvait dans une pièce aux dimensions modestes par rapport à toutes celles qu'elle avait vues jusque-là et visiblement située à quelques étages du rez-de-chaussée. Un petit salon baigné de soleil. Elle avait vu *Downton Abbey*, et avec son décor raffiné dans lequel dominaient les jaunes pâles et les bleus doux, cette pièce élégante lui donnait l'impression de sortir de cette série.

— J'ai quelques affaires à régler, déclara Cayetano Arcieri.

Ses yeux se promenèrent sur elle, comme s'il voyait les frissons qui la parcouraient encore. Puis, après avoir ranimé le feu qui couvait en elle, il disparut. Presque aussitôt, alors qu'elle était sur le point de se tâter machinalement le creux des reins pour vérifier s'il n'avait pas brûlé ses vêtements, la porte se rouvrit. Et Delaney se retrouva entourée de femmes qui poussèrent des exclamations en la regardant, mimèrent avec leurs mains des choses qu'elle ne comprit pas, et repartirent aussitôt.

Mais si Cayetano Arcieri avait sans aucun doute en permanence des tas de raisons d'être occupé ailleurs, elle soupçonnait que ces femmes seraient bientôt de retour. Elle profita de cet instant de solitude pour étudier plus attentivement la pièce. Elle était aussi ensoleillée que toutes celles devant lesquelles elle était passée. Comment était-ce possible avec ces épais murs de pierre ? Sans le tapis qui recouvrait le sol elle avait le sentiment qu'il ferait beaucoup plus froid, même si la température extérieure était agréable. Plusieurs petits fauteuils et canapés étaient disposés çà et là, tous orientés vers une grande cheminée qui semblait beaucoup trop propre pour avoir déjà été utilisée. Des petites tables basses complétaient le mobilier.

Était-elle censée s'asseoir ? Se trouvait-elle dans une sorte de cellule ? Devait-elle vérifier si la porte était verrouillée ? Ou vérifier si elle pouvait sortir par une fenêtre ? Mais à vrai dire, elle n'avait pas particulièrement envie de s'enfuir… Elle pressa la main sur son cœur. Inutilement, puisqu'elle n'avait pas besoin de ça pour savoir qu'il battait toujours à grands coups. Alors qu'elle hésitait toujours sur la conduite à tenir, la porte se rouvrit à la volée. Trois servantes arrivèrent avec des plateaux et un chariot chargés de mets divers.

Et derrière elles apparut Cayetano Arcieri.

Tout à coup, la température de la pièce parut grimper de plusieurs degrés. En même temps, l'espace sembla se rétrécir et l'air se raréfier. Elle était toujours là où il l'avait laissée, au milieu de la pièce, et sous son regard pénétrant elle était incapable de bouger. Assaillie par une bouffée de panique, elle regarda les servantes déposer tous les plats qu'elles avaient apportés sur la plus grandes des tables basses, puis disparaître l'une après l'autre dans le couloir.

La laissant seule avec cet homme.

Que lui arrivait-il ? Sa réaction n'avait pas de sens. Depuis leur départ de la ferme elle avait passé des heures et des heures en tête à tête avec lui. Dans le SUV. À bord de l'avion. Dans un autre SUV. Puis dans cette forteresse dans laquelle elle était entrée sans la moindre hésitation. Pourquoi était-ce seulement maintenant qu'elle se demandait ce qui lui avait pris ?

— Vous avez l'air d'un lapin terrifié, déclara-t-il.

— Merci, répondit-elle d'une voix étranglée.

Furieuse d'avoir trahi son trouble, elle se racla la gorge avant de poursuivre :

— Ce n'est pas du tout condescendant.

— C'est une description exacte, rien de plus.

— Qu'avez-vous l'intention de faire de moi ? Cette pièce est-elle une sorte de cellule ? Dois-je rester enfermée ici jusqu'à ce que vous m'ayez à l'usure et que j'accepte de vous épouser rien que pour pouvoir de nouveau apercevoir le ciel ?

Que lui prenait-il de faire un mélodrame ? se demanda-t-elle aussitôt. Ce n'était pourtant pas son genre. Mais Cayetano Arcieri se contenta d'arquer un sourcil, et elle oublia d'être embarrassée. On n'était pas dans le Midwest. Et les situations extravagantes réclamaient des réactions inhabituelles.

— Vous avez sûrement vu la porte-fenêtre derrière vous. Il vous suffit de sortir sur le balcon et de lever les yeux pour voir le ciel.

— C'est ce qu'on appelle éluder une question, répliqua-t-elle d'un ton crispé.

— Pourquoi n'ai-je pas pensé à une cellule ? dit-il d'un air pensif comme s'il se parlait à lui-même. À présent que vous en parlez, je crois me souvenir qu'il y a un cachot dans ce château. Je suis sûr qu'on peut arranger ça.

— Vous avez donc bien l'intention de m'enfermer jusqu'à ce que j'accepte de faire ce que vous voulez ?

— Laissez-moi vous dire, petite, qu'il est inutile pour moi d'enfermer qui que ce soit.

— Et vous, laissez-moi vous dire que cette nouvelle réponse qui n'en est pas une n'a rien de réconfortant.

— Delaney, s'il vous plaît…

D'un signe de tête, Cayetano Arcieri indiqua le petit festin servi sur la table basse qui se trouvait entre eux.

— J'ai pensé que vous auriez peut-être faim.

— Pourquoi ? demanda-t-elle comme s'il l'avait attaquée.

— Parce que moi j'ai faim.

Il resta impassible, mais elle eut la très nette impression qu'il souriait intérieurement.

— Ce qui m'arrive souvent après un voyage, ajouta-t-il.

Elle déglutit péniblement. Pourquoi se sentait-elle aussi… fragile ? Mais ce n'était pas le mot exact. « Perturbée » conviendrait peut-être mieux. Elle ne savait pas trop. Et surtout, elle ne savait pas comment réagir. Pour masquer son embarras, elle s'assit dans un fauteuil et tenta de concentrer son attention sur les multiples petites assiettes disposées devant elle et remplies de mets qu'elle ne connaissait pas mais qui sentaient délicieusement bon.

Malheureusement, elle était avant tout consciente de la présence de Cayetano Arcieri. De chacun de ses mouvements. De l'instant où il s'assit en face d'elle. De la façon dont il la fixait. Et même des assiettes qu'il regardait…

D'un côté de la table, il y avait des desserts et des gâteaux. Au centre, des légumes crus et cuits. Et de l'autre côté, un assortiment de viandes froides et rôties qui lui mirent l'eau à la bouche. Il y avait également plusieurs plats dont le contenu ressemblait à du ragoût, mais qu'elle était incapable d'identifier. Mais elle n'avait pas besoin de savoir ce que c'était exactement. Tout ce qu'elle avait sous les yeux était très tentant. Et elle avait très faim.

Elle prit une assiette et se servit un peu de tout. Puis elle commença sa dégustation en évitant de regarder Cayetano Arcieri pour ne pas risquer d'être distraite. Mais tout était si délicieux qu'elle n'eut très vite plus aucun effort à faire pour se concentrer sur ce qu'elle mangeait. Lorsqu'elle fut rassasiée, elle posa son assiette et croisa le regard de Cayetano Arcieri. Sans vouloir se l'avouer n'était-elle pas consciente qu'il ne l'avait pas quittée des yeux un seul instant ?

— J'imagine que mes manières laissent à désirer, déclara-t-elle alors que le silence se prolongeait. Que ce soit pour la vraie ou la fausse famille royale de cette île.

De nouveau, elle eut l'impression qu'il souriait malgré son air impassible.

— Je vois que vous avez appris vos leçons.

Après le repas succulent qu'elle venait de faire, elle se sentait… détendue. Se calant confortablement dans son fauteuil, elle observa Cayetano Arcieri. Pourquoi ne pas se le permettre, pour changer un peu ? Elle prit tout son temps.

Mais se laisser envoûter par sa beauté ne serait pas une bonne idée, se dit-elle alors qu'elle avait du mal à détacher les yeux de sa bouche sensuelle.

— J'ai lu quelques articles, en effet. À propos de Cayetano Arcieri, adulé par les célébrités, les organisations caritatives et les contestataires du monde entier. Ils vous prodiguent toutes leurs louanges pour votre dévouement à cette île et vos initiatives en faveur de la préservation de la planète. Dans de nombreuses interviews.

— Les problèmes auxquels est confronté mon pays émeuvent beaucoup de gens.

— Ils laissent entendre que vous avez livré une guerre ou deux pour gagner votre statut actuel. Ce n'est pas tout à fait exact, n'est-ce pas ?

Les yeux de Cayetano Arcieri lancèrent des éclairs, et elle réprima un frisson.

— En effet.

— Les Arcieri sont la bête noire de la famille royale actuelle depuis une éternité, non ?

— C'est notre devoir et notre privilège.

— Tout cela à cause de la naissance de jumeaux, il y a un million d'années.

Il hocha la tête. Cette fois elle en était sûre. Il souriait, même si ça ne se voyait pas vraiment. Et elle avait le sentiment étrange qu'il était fier. D'elle.

— Deux frères, acquiesça-t-il. Si identiques, que lorsque le plus jeune de quelques minutes a pris la place de l'aîné lors du couronnement, personne ne s'est aperçu de la substitution.

— La famille royale affirme que cette histoire est fausse.

Il haussa les épaules.

— C'est dans leur intérêt.

— Une guerre a été déclenchée par le jumeau qui s'était emparé du trône.

— Le faux roi. Il pensait pouvoir couper court à

la contestation en tuant tous ceux qui osaient prendre position contre lui. C'est le propre des tyrans.

— L'autre camp était mené par le jumeau censément victime d'usurpation, qui a commencé à se faire appeler Arcieri, le nom de sa mère.

— C'est cela.

— Par conséquent, à quelques siècles près, vous et moi nous sommes parents, souligna-t-elle.

De nouveau, elle eut la nette impression d'entrevoir un sourire sur son visage.

— Si vous voulez.

— Eh bien, si nous sommes parents nous ne pouvons en aucun cas nous marier, n'est-ce pas ?

Cette fois, Cayetano Arcieri laissa échapper un rire franc et sonore qui résonna en elle et affola son cœur.

— Il faudrait beaucoup plus qu'une minuscule goutte de sang partagée il y a des générations pour me dissuader de vous épouser, Delaney.

— Je pense vraiment…

— Mais même si je souhaite vous épouser, je ne le ferai pas. Pas pour l'instant.

Au lieu d'être soulagée, Delaney ressentit une frustration étrange et se renfrogna.

— Pourquoi ?

Sans répondre, il prit tout son temps pour l'examiner de la tête aux pieds. Elle redressa les épaules malgré elle et croisa les mains sur ses genoux. Contre toute attente, elle avait soudain terriblement conscience de se trouver dans un royaume auquel elle était censée appartenir. Son T-shirt préféré portant l'inscription I Love Midwest n'était peut-être pas la tenue la plus appropriée…

— Parce que je suis le roi légitime d'Île d'Montagne. Voilà pourquoi. Et que vous êtes la véritable héritière officielle du trône. La future reine de cette île est la fermière que vous dites être. Ça me plaît que vous vous voyiez comme ça. J'aime votre allure de fille du Kansas.

« Mais même si j'aime bien ma fermière telle qu'elle est, je crains qu'ici, sur cette île où vous serez bientôt acclamée comme princesse héritière devant le monde entier, vous ne puissiez pas ressembler à une fermière. »

6.

Delaney Clark semblait si outrée qu'elle pourrait bien lui lancer une assiette à la figure. Ou même plusieurs…

À vrai dire, il aimerait bien ça. Parce que ça exigerait de lui une réaction appropriée. Et rien ne lui plairait plus que de… réagir.

Enfin.

Le désir qui le dévorait était comme une fièvre impossible à faire tomber. Si Delaney Clark avait un accès de colère, il ne savait pas comment il parviendrait à se maîtriser.

Mais elle se contenta de le foudroyer du regard.

— C'est vraiment discourtois.

À sa grande surprise il se sentit légèrement confus. Ou du moins il supposa que le sentiment inconnu qu'il éprouvait était de la confusion.

— Ce n'est pas moi qui suis venue vous voir pour revendiquer un trône. C'est vous qui avez surgi dans ma vie. Et qui l'avez gâchée. Si l'allure que j'ai ne vous plaît pas, il me semble que c'est vous qui avez un problème.

Comme il aimait la façon dont elle le regardait en disant ça ! Comme si elle se retenait de se jeter par-dessus la table. Comme lui. Et peut-être pour la même raison…

— Mais maintenant vous êtes dans ma vallée. Mes problèmes sont vos problèmes. Mes problèmes sont les problèmes de tout le monde.

— Vous n'êtes pas *mon* chef de guerre, Cayetano.

Il ne devrait pas trouver charmante cette façon qu'elle avait de lui tenir tête. Si n'importe qui d'autre en avait fait autant, il aurait été furieux de ce manque de respect.

— Je pense que bientôt, petite, je serai tout pour vous.

Elle se redressa sur son siège en le foudroyant de nouveau du regard. Mais ses joues s'empourpraient.

— Vous vous faites des illusions. Je suis venue ici parce que pour moi c'est une aventure. Et parce que j'ai pensé que c'était peut-être une bonne idée de rencontrer les gens avec qui j'ai des liens de parenté.

— Pourtant, vous n'avez même pas demandé de leurs nouvelles.

— Je ne risque pas de vous en demander à vous.

Elle releva le menton.

— Au dire de tous, y compris de vous-même, vous êtes leur ennemi juré.

— J'ignorais que votre nouvelle famille vous intéressait à ce point.

Il réprima un sourire. Qu'il ait envie de sourire était tout à fait inhabituel mais il préféra ne pas s'attarder sur ce détail.

— Ça ne semblait pas être le cas dans le Kansas. Vous n'accordiez aucune importance à vos origines. Je suis sûr que vous l'avez dit.

— Les gens qui peuvent retracer leur arbre généalogique sur plusieurs siècles ne devraient pas se permettre de faire de remarques à ceux qui viennent de découvrir qu'ils n'étaient pas qui ils croyaient être. Bien sûr que je veux connaître ma… la femme qui m'a mise au monde. Un jour, ajouta-t-elle en détournant les yeux.

Comme si elle n'était pas pressée de rencontrer la reine Esme.

— J'avais l'impression que si vous étiez venue c'était

parce que votre mère vous l'avait demandé. Ni plus ni moins.

— Grâce à vous, je suis maintenant obligée de me débrouiller avec le fait que – du point de vue biologique – elle n'est pas ma mère.

Malgré son ton acerbe, il y avait quelque chose dans l'attitude de Delaney Clark qui lui aurait presque donné des regrets. Mais il ne pouvait pas regretter ce qu'il avait fait, se dit-il fermement. Il ne pourrait jamais regretter une démarche qui lui permettrait sous peu de réparer enfin un tort ancien. Malgré tout, il déplorait que cette démarche ait pour conséquence de faire souffrir Delaney Clark. Il le déplorait même beaucoup plus qu'il ne l'aurait cru possible.

Ça ne changeait rien. Mais tout de même, il éprouvait du regret. Un sentiment qui ne lui était pas familier. Depuis très longtemps il faisait tout pour éviter d'éprouver des sentiments, quels qu'ils soient. Parce que c'était le meilleur moyen d'avoir le même destin que ses parents. La mort. Le déshonneur.

— Je crois qu'il y a un malentendu, déclara-t-il d'un ton plus sec que si elle ne l'avait pas incité à donner dans le sentiment. Je ne vous ai pas demandée en mariage avec l'intention d'attendre, plein d'espoir, que vous acceptiez. Je vous ai informée que nous allions nous marier. Je suppose que pour vous c'est faire preuve d'arrogance.

— D'une extrême arrogance, acquiesça-t-elle, les joues en feu.

— Eh bien, petite, je suis comme ça. Vous devriez vous renseigner sur les lois ancestrales de cette île, que vous ne connaissez sûrement pas quel que soit le nombre d'articles que vous ayez lus sur Internet.

Elle lui lança un énième regard noir.

— Laissez-moi deviner. Vous pouvez retenir une

femme prisonnière dans une tour sans que personne n'y trouve à redire. Comme si les femmes n'étaient rien de plus que des lucioles qu'on enferme dans un bocal.

Quand avait-il pris pour la dernière fois le temps de contempler les lucioles qui annonçaient le début de l'été sur l'île ? Alors que lorsqu'il était enfant, elles le mettaient en joie. Il se revoyait en train de courir pieds nus à travers champs pour essayer d'attraper les petits points lumineux qui jaillissaient autour de lui… Horrifié, il eut l'impression de recevoir un seau d'eau glacée sur la tête. Que lui arrivait-il ? Il n'avait jamais été enclin à la nostalgie. Ça ressemblait aux sentiments qu'il abhorrait.

— Ceci n'est pas un bocal, répliqua-t-il avec une patience qui lui parut admirable. C'est le château des Arcieri, construit avec un soin minutieux au fil des siècles. D'abord secret, parfois équivalent à une prison quand la guerre empêchait les femmes et les enfants de mes ancêtres de sortir de ses murs. Aujourd'hui prêt à s'ouvrir à tous et à célébrer la paix. Mais un simple bocal ? Jamais.

Naturellement, sa fermière ne parut pas impressionnée le moins du monde. Rien ne semblait pouvoir l'impressionner. Il n'avait jamais rencontré quelqu'un comme elle. Elle était assise en jean et en T-shirt dans un fauteuil ancien d'une valeur inestimable, dans un château renommé dans le monde entier pour sa beauté, et elle osait le regarder d'un air furieux comme si c'était lui l'offenseur.

— Qu'il ait été construit en deux jours ou en deux millénaires, et quoi qu'il représente pour vous et votre peuple, il n'en reste pas moins une cellule, insista-t-elle d'un ton buté.

Il soupira. Le problème avec sa princesse perdue, c'était qu'il ne pouvait s'empêcher d'être fasciné par l'absence totale de crainte et de respect qu'elle montrait devant lui. Mais cette fascination était due uniquement à la nouveauté de la situation. Très bientôt il cesserait de la considérer comme une femme, comme *sa* femme, pour penser uniquement au rôle qui était le sien dans la reconquête du trône et l'établissement de la paix.

— Il n'est pas question de vous enfermer. Cependant, comme je vous l'ai signalé certaines lois ancestrales sont toujours en vigueur sur cette île, répliqua-t-il.

C'était totalement vrai. Il pourrait l'épouser le lendemain matin s'il le décidait. Cependant, cela ne lui semblait pas la meilleure stratégie. Après tout, il avait déjà gagné puisqu'elle était ici et qu'elle n'avait pas d'autre choix que de l'épouser. Quel mal y aurait-il à tenter de lui faire un peu la cour ? Ou au moins à ne pas la brusquer en précipitant les choses.

— Laissez-moi deviner, dit-elle d'un ton sarcastique. Au fil des siècles, les dirigeants du pays ont oublié de faire des réformes, parce que les lois moyenâgeuses leur convenaient parfaitement, c'est ça ?

Cayetano dut se retenir pour ne pas lever les yeux au ciel. Tenter de lui faire la cour, il fallait oublier…

— Je ne suis pas obligé de vous emprisonner, Delaney. Il me suffit de vous garder sous mon toit pendant une nuit, puis d'annoncer à l'aube mon intention de vous prendre pour épouse. Une nuit suffit, même si trois seraient plus conforme à la tradition.

— C'est barbare.

— À une certaine époque c'était nécessaire, répliqua-t-il avec un geste désinvolte de la main.

Puis il réprima un sourire. Il avait voulu la mettre en rage, et à en juger par les éclairs que lançaient ses yeux bleus il avait parfaitement réussi. Mais il ne devrait pas prendre autant de plaisir à ce petit jeu. Cette femme était un moyen d'atteindre un objectif, pas une source de plaisir.

Pourquoi avait-il tendance à l'oublier ? Et pourquoi lui inspirait-elle un désir toujours croissant ?

— À une époque, sur cette île, la loi était beaucoup moins respectée qu'aujourd'hui. Les temps étaient dangereux, et les vies très brèves. Les hommes qui avaient besoin d'épouses les prenaient où ils pouvaient, et il fallait assurer la légitimité de leurs enfants.

— Vous ne pouvez pas me *prendre*.

Il dut faire appel à tout son sang-froid pour se retenir de souligner que c'était déjà fait.

— J'exige que vous me relâchiez.

— Petite, où vous croyez-vous ? demanda-t-il d'un ton amusé. Nous ne sommes pas à l'ambassade des États-Unis. La seule personne qui peut intercéder en votre faveur auprès de moi… c'est moi.

Elle ouvrit et ferma la bouche plusieurs fois, les joues écarlates.

— Vous ne pouvez pas parler sérieusement.

Une fois de plus, il fut désarçonné par sa réaction. Il n'y avait pas la moindre trace de peur sur son visage. Elle suffoquait d'indignation. Devant l'injustice, s'il ne se trompait pas. Et il se trompait rarement quand il s'agissait de déchiffrer les gens. Cependant, il avait du mal à se déchiffrer lui-même ce soir-là. Pourquoi les réactions de Delaney Clark, quelles qu'elles soient, le rendaient-elles fou de désir ? Il n'était pas habitué à une telle intensité. L'idée que quelqu'un pouvait le distraire du but de sa vie était détestable. Ne valait-il donc pas mieux que ses parents ?

— Je préférerais de loin que vous décidiez de m'épouser de votre plein gré. Je n'ai pas envie d'une prisonnière pour épouse, Delaney. Mais pour cette île et mon peuple, je suis prêt à tout. Vous devez le savoir maintenant.

À présent elle tremblait légèrement. Mais de colère,

sans doute. Pas de peur. Tout à coup, confirmant qu'il ne se trompait pas, elle bondit de son siège, les poings serrés.

— Tout cela est inacceptable.

Il avait peut-être du mal à se comprendre lui-même ce jour-là, mais au moins il était encore capable de voir juste.

— Je ne pense pas qu'il faille en faire tout un drame. N'oubliez pas que pour atteindre mon objectif, je suis moi aussi contraint à ce mariage. Autant que vous. Il y a pire que d'épouser un étranger, Delaney. Croyez-moi.

Ses yeux bleus lancèrent des éclairs.

— C'est facile à dire pour vous. C'est vous qui l'avez décidé.

— Parce que j'y suis obligé.

— Mais pourquoi ? s'exclama-t-elle d'une voix où perçait le désespoir.

Il n'aurait pas réagi face à la colère. Mais comment ignorer une question posée sur ce ton implorant ?

— Île d'Montagne est un pays déchiré par une profonde fracture. Depuis si longtemps que ses habitants ont le sentiment d'être brisés eux aussi. Et rien ne permet de réparer cette fracture. Ni les pourparlers. Ni les traités. Ni les guerres. Tant qu'il y aura deux camps, le conflit durera. C'est mon devoir de faire tout mon possible pour y mettre fin. Bien sûr, j'ai envie comme mon peuple de prendre les armes pour reconquérir ce qui nous a été volé. Mais je sais que dans ces affrontements nous serions tous perdants. Et ça, j'en ai vraiment assez, Delaney.

C'était la première fois qu'il disait ça. Il ignorait même qu'il le pensait…

— Il n'y a qu'une seule façon de mettre fin à ces déchirements perpétuels. Faire en sorte que plus personne ne soit perdant. Mon but n'est pas de conquérir le trône par ambition personnelle, mais de le partager. Afin que nous puissions tourner la page et avancer ensemble, royalistes et rebelles. Nous ne pouvons être gagnants que si nous nous rassemblons.

Delaney Clark ouvrit de grands yeux.

— Vous le croyez vraiment.

— Oui.

C'était comme un serment. Et il en était étrangement exalté… Décontenancé par l'émotion qui l'assaillait, Cayetano préféra ne pas s'y attarder. Il regarda Delaney Clark qui expira lentement, puis se mit à arpenter la pièce les poings sur les hanches.

— Je ne suis pas faite pour rester assise dans des pièces au décor raffiné pour discuter.

Elle plongea dans le sien un regard qui lançait des étincelles.

— J'aime être dehors. J'aime avoir de la poussière sous les pieds. J'aime être obligée de me brosser les mains à la fin de la journée pour enlever la terre accumulée sous mes ongles.

Elle lança un regard noir aux murs comme s'ils l'avaient trahie. Puis à lui, comme s'il en avait fait autant. Pourquoi avait-il vaguement l'impression qu'elle avait raison ? C'était ridicule.

— Quand vous serez reconnue comme la véritable princesse héritière d'Île d'Montagne, vous aurez toute l'île pour jardin, déclara-t-il pour tenter de l'apaiser. Vous pourrez travailler la terre de vos ancêtres autant que vous voudrez.

Une fois de plus elle le foudroya du regard.

— Même si j'acceptais de faire une chose aussi stupide, vous n'obtiendriez toujours pas ce que vous voulez. Peu importe le sang qui coule dans mes veines, je suis une fermière pur jus. Je n'aurai jamais l'air d'une princesse. Jamais.

Il s'autorisa un sourire. Elle était toujours aussi

véhémente, mais ses propos ne représentaient plus un refus catégorique. Ils sonnaient plus comme un « peut-être ». Ce qui ouvrait des perspectives… Il se leva. Tandis qu'il se dirigeait vers elle il vit ses yeux s'agrandir, ses lèvres s'entrouvrir et ses joues s'enflammer. Quant à la petite veine à la base de son cou, elle battait frénétiquement.

Il était le chef de guerre de ces montagnes et deviendrait bientôt le roi de l'île. Il s'était préparé à ignorer la fièvre qui le consumait. Ce désir qui perturbait son travail, son sommeil. Mais là, il s'autorisait à avoir envie de cette femme. De *sa* femme. Parce qu'il était évident qu'elle avait envie de lui. Entre ce fait incontestable et son « peut-être », il n'y avait plus aucun doute. Il avait gagné.

— Laissez-moi me préoccuper de votre apparence, dit-il en s'immobilisant devant elle. Il y a quelque chose de beaucoup plus intéressant sur quoi vous concentrer.

Elle émit un grognement de frustration.

— La nature barbare des lois ancestrales ?

— Non, ceci.

Alors, il céda à l'envie qui ne l'avait pas quitté depuis l'instant où il l'avait vue debout dans la poussière devant sa ferme. Il l'embrassa.

Il s'attendait à trouver ce baiser agréable. Il s'attendait qu'il attise son désir. Mais il n'était pas du tout préparé à une telle explosion de sensations. C'était de la folie. La serrant plus étroitement contre lui, il prolongea ce baiser brûlant encore et encore. Elle émit un gémissement qui ressemblait à une plainte, et il voulut s'écarter d'elle. Mais elle referma aussitôt les bras sur sa nuque pour le retenir. En proie à un désir de plus en plus difficile à contrôler, il redoubla d'ardeur tandis que ses mains la couvraient de caresses enflammées. Comme si elles étaient mues par une volonté propre, avides d'explorer chaque centimètre de son corps.

Bon sang, tu perds ton sang-froid… Il se figea. Puis il s'écarta d'elle, le souffle court. Et il faillit perdre de nouveau le contrôle en la voyant. Les pupilles dilatées, les lèvres gonflées, elle était plus tentante que jamais. Ne pas la reprendre dans ses bras fut une véritable torture.

— N'est-ce pas une raison suffisante pour nous marier ? parvint-il à demander d'une voix rauque. Vous croyez que ce genre de chose arrive tous les jours ?

Elle cilla, puis déglutit péniblement. Il eut un pincement au cœur. Elle semblait si vulnérable, tout à coup… Mais très vite elle redressa les épaules et releva le menton.

— Parlez pour vous. À moi ça m'arrive trois fois par jour. Parfois davantage.

Il s'éloigna. S'il été resté trop près d'elle il l'aurait de nouveau embrassée, mais cette fois il n'aurait pas pu s'arrêter là. Il aurait fini par la prendre contre le mur. Or, il ne pouvait pas se le permettre. Il fallait qu'il comprenne comment il avait pu perdre son sang-froid à ce point. Parce que ce genre de dérapage ne devait en aucun cas se reproduire.

— Vous avez deux options, déclara-t-il d'un ton plus froid qu'il ne l'aurait voulu.

Tant pis, c'était indispensable pour masquer le fait que tout son corps était en feu.

— Si vous acceptez de m'épouser, notre mariage sera célébré dans un mois. Cela nous laissera le temps préparer minutieusement votre présentation à la maison Montaigne et au monde. Pendant ce temps vous pourrez vous documenter sur votre nouvelle famille si vous le souhaitez. Nous avons de nombreux livres sur le sujet dans nos bibliothèques, ainsi que des expériences personnelles à raconter.

« Et en même temps que vous apprendrez d'où vous

venez nous vous préparerons à votre rôle futur. Nous ferons de vous la reine que mon pays mérite. »

— Et la deuxième option ? demanda-t-elle, les yeux étincelants de colère.

— C'est très simple. Cette nuit, mes hommes monteront la garde devant votre porte. Et demain matin je rassemblerai mon peuple dans la grande cour du château pour lui annoncer que je vous prends pour femme. Ce qui suffira pour que vous le deveniez. Comme si nous étions encore au Moyen Âge. Ensuite, nous aurons toujours un mois pour vous préparer à être présentée aux Montaigne et au monde. Mais dans ce cas de figure, personne ici ne vous ferait confiance. Et je crains que le château des Arcieri ne devienne alors une véritable prison pour vous.

— En d'autres termes, le choix que vous m'offrez n'en est pas réellement un.

— Si j'étais vous, ma petite fermière, je m'estimerais heureuse de d'avoir un choix.

— Ai-je également le choix entre deux mariages différents ? demanda-t-elle en croisant les bras.

Comme si contrairement à lui elle n'avait aucun mal à garder son sang-froid, songea Cayetano, de plus en plus consterné par ses propres réactions.

— Que voulez-vous dire ?

— Je voudrais savoir si dans le cas de l'option moyenâgeuse je dois m'attendre à être brutalisée.

— Je ne lèverais jamais la main sur une femme, répliqua-t-il, piqué au vif.

Elle n'aurait pas pu lui poser une question plus blessante. Mais si elle le croyait vraiment capable de brutalité, elle se serait sans doute bien gardée d'évoquer le sujet. Surtout avec un tel aplomb. Par provocation, il ajouta :

— Nous nous affronterons uniquement au lit. Mais

dans un genre de bataille dont nous sortirons tous les deux gagnants.

Devant l'air abasourdi de Delaney il regretta aussitôt ses paroles. Peut-être n'était-elle pas aussi expérimentée que son attitude de défi le suggérait. Peut-être même que…

Faisant appel à toute sa volonté il quitta la pièce. Mieux valait s'en aller avant de céder à la tentation de lui montrer ce qu'il voulait dire.

Mieux valait la laisser seule avant de perdre le peu de sang-froid qui lui restait.

7.

Que faire sinon choisir la première option ? Delaney n'était en aucun cas prête à se retrouver mariée selon une coutume moyenâgeuse dès le lendemain matin.

Surtout après ce baiser. Ce séisme qui s'était déclenché avant qu'elle ait le temps de comprendre ce qui lui arrivait. Elle ne reconnaissait plus son corps. Trop de sensations incroyables continuaient de se propager en lui comme s'il était branché sur un courant mystérieux. Comment un baiser pouvait-il avoir des effets aussi prolongés ? Alors que Cayetano n'était même plus présent…

Qu'aurais-tu fait s'il ne s'était pas arrêté ?

Elle eut beau se poser cette question plusieurs fois, ce fut toujours la même réponse qui s'imposa.

Je me serais laissé emporter dans ce tourbillon de sensations.

Et chaque fois, elle fut submergée par une chaleur intense. Que lui arrivait-il ? Elle n'avait qu'une envie. Se retrouver dans ses bras. Elle avait le sentiment que c'était le seul endroit où elle pourrait se sentir de nouveau elle-même. Elle mourait d'envie de…

Un homme de Cayetano entra dans la pièce alors qu'elle était encore immobile à l'endroit où l'avait laissée ce dernier. Elle sentit ses joues s'enflammer. Elle devait avoir les cheveux ébouriffés et le visage hagard. Il ne pouvait pas ne pas s'en apercevoir. Mais l'homme resta impassible et annonça d'un air très digne :

— Le chef de guerre souhaite connaître votre choix.

Elle fut tentée de feindre l'incompréhension, mais se ravisa. Ce serait indigne d'elle et totalement inutile.

— La première option, répondit-elle en s'efforçant de prendre un air aussi digne que son interlocuteur. Merci.

Cela lui laissait un mois de répit. Il pouvait se passer beaucoup de choses en un mois. Pour commencer, Cayetano reviendrait peut-être à la raison. D'ici là, elle puiserait dans la bibliothèque dont il avait parlé pour étudier l'histoire de sa famille biologique, ainsi que celle des Arcieri et de leur château. Depuis que Cayetano avait fait irruption à la ferme elle n'avait pas eu le temps de respirer et encore moins de réfléchir. À présent elle se trouvait dans ce château très impressionnant, et Cayetano venait de l'embrasser comme si…

Mais tu es vivante, en sécurité, et de nouveau toi-même. Tu as un mois devant toi et tu peux recommencer à utiliser ton cerveau.

Un vif soulagement l'envahit. La perspective de rester un mois ici était supportable. Elle pouvait très bien feindre d'être d'accord pour épouser Cayetano tant que ça l'arrangeait. Elle aurait tout le temps nécessaire pour rassembler les informations qui l'intéressaient avant d'être obligée de rencontrer la reine, qui était apparemment sa mère biologique. Ainsi que la princesse avec qui elle avait été échangée quelques jours après sa naissance. « On ne se marie généralement pas du jour au lendemain, avait dit sa mère. Inutile de se précipiter. » Eh bien, c'était exactement ce qu'elle faisait. Elle ne se précipitait pas.

Après le départ de l'homme de Cayetano, Delaney regarda la table toujours couverte de mets divers. Avait-elle vraiment faim, ou bien éprouvait-elle le besoin de se réconforter en se gavant de pâtisseries ? Avant qu'elle ait le temps de réfléchir à cette question, les trois servantes qui avaient apporté le festin revinrent dans la pièce. Elles ramassèrent son vieux sac marin en bavardant gaiement sans paraître attendre de réaction de sa part. Ce qui était une bonne chose parce qu'elle était moins solide sur ses jambes qu'elle ne l'aurait voulu. Il fallait bien le reconnaître.

— Vous allez bien ? demanda soudain une d'elles en anglais, sans doute consciente qu'elle était chancelante.

— Oui, c'est le décalage horaire, répondit Delaney avec un bel aplomb pour quelqu'un qui n'avait jamais pris l'avion jusqu'alors.

Mais son état n'avait rien à voir avec le décalage horaire, bien sûr. C'était ce baiser qui continuait de la faire vaciller sur ses jambes. Et qui la faisait délirer. Une pensée s'était insinuée dans son esprit et la poursuivait. Pourquoi ne pas épouser l'homme sublime qui était venu dans le Kansas pour l'emporter dans une tornade comme si elle était Dorothy Gale dans *Le Magicien d'Oz* ?

Parce que c'est le genre de chose qui n'arrive que dans les romans, se dit-elle avec moins de fermeté qu'elle ne l'aurait voulu. La vie réelle n'avait rien à voir avec un roman. Même si garder le sens des réalités devenait difficile quand on se trouvait dans un véritable château.

Les servantes ouvrirent alors une porte à double battant que Delaney n'avait pas remarquée parce qu'elle semblait faire partie du mur. En fait, le salon faisait partie d'une sorte d'appartement qui comprenait également une kitchenette et une immense chambre avec un balcon qui donnait sur la vallée. À elle seule, la chambre devait être plus grande que la ferme. Et le lit semblait de la taille de son potager. Oui, difficile de croire qu'elle était bien dans la réalité. Ce décor somptueux qui semblait appartenir à un autre âge, ces domestiques qui la traitaient avec une sorte de déférence enjouée, tout cela la plongeait dans l'embarras.

Les servantes lui montrèrent d'autres pièces, qui faisaient manifestement aussi toutes partie de l'appartement qui lui avait été attribué. Quel contraste avec le matelas pneumatique posé par terre destiné aux rares personnes à qui il arrivait de dormir à la ferme… Tous ces tableaux prétentieux, ces tapis épais, ces meubles anciens étaient trop sophistiqués pour elle. La simplicité de sa vraie vie lui manquait. Les travaux de la ferme. La succession inéluctable des saisons. La pluie. Le soleil. Les orages. La sécheresse. Voilà les choses qui comptaient pour elle. La vie dans le décor fastueux d'un immense château lui était complètement étrangère, et elle n'avait aucune envie de s'y adapter. Ce qui la rebutait tout particulièrement c'était la notion de domestiques.

Elle n'avait jamais eu de domestiques. Les Clark faisaient tout eux-mêmes.

— Je sais que je ne suis pas une Clark, marmonna-t-elle pour elle-même.

Puis elle sourit devant le coup d'œil interrogateur que lui lança la servante qui était en train d'ouvrir les rideaux de la chambre. Si elle continuait à se répéter ça, elle finirait peut-être par y croire.

Et peut-être que l'idée de rester cachée ici à lire et à étudier te plaît, parce que tu ne veux pas regarder la vérité en face, lui souffla une petite voix assez sarcastique pour être celle de sa grand-mère.

Ce qu'elle voulait avant tout, c'était éviter de s'effondrer par terre en sanglotant. Parce que si elle recommençait à pleurer elle risquait de ne plus jamais pouvoir s'arrêter. Elle se pinça le nez puis inspira profondément. Et maintenant, que faire ? Les servantes s'agitaient autour d'elle dans la chambre beaucoup trop grande. Quand elle voulut les aider à défaire son sac, elles refusèrent en riant. Elle resta donc immobile à côté du lit à baldaquin géant, embarrassée.

Si perdue dans ses pensées qu'il lui fallut un moment pour prendre conscience qu'elles s'adressaient à elle – et parlaient également entre elles – en anglais.

— Je pensais que tout le monde parlait français, ici, dit-elle.

D'un ton un peu trop brusque, comprit-elle quand elles s'immobilisèrent et la regardèrent d'un air interloqué. Il y avait un autre détail qu'elle n'avait pas remarqué jusqu'ici. Ces femmes avaient plus ou moins le même âge qu'elle. Pourquoi en était-elle aussi surprise ?

— Français, oui, répondit l'une d'entre elles. Et italien. Mais le monde est grand, et on y parle plus de deux langues. Alors également espagnol. Allemand. Et anglais, oui.

— J'ai des notions de japonais, intervint une autre.

La troisième pouffa.

— Savoir dire merci en japonais ce ne sont pas des notions ! C'est un seul mot. *Arigato.*

Delaney eut le sentiment qu'elle devrait s'excuser de ne parler qu'une langue, mais elle s'en abstint. Alors que les deux autres servantes se lançaient des regards noirs, la première déclara :

— Et puis le chef de guerre a insisté pour que seuls des domestiques parlant anglais s'occupent de vous. Ça a fait toute une histoire.

— Ça ne me surprend pas, dit Delaney. Je me demande qui aurait envie d'être au service d'une fermière du Kansas.

Les trois femmes échangèrent des regards confus.

— Tout le monde voulait être à votre service, protesta

la troisième servante comme si elle ne comprenait pas pourquoi Delaney avait proféré un tel blasphème.

— C'est un honneur, renchérit la deuxième.

— Vous êtes la fiancée du chef de guerre, déclara la première, l'air extasiée.

— Quel plus grand honneur pourrait-il y avoir que d'être à votre service ?

Que répondre à cela ? Delaney déglutit péniblement. Son corps répondait de lui-même, tandis que les mots « la fiancée du chef de guerre » résonnaient en boucle dans son esprit. Toutes ces sensations qui l'assaillaient étaient le signe qu'il se révoltait contre cette situation inacceptable, se dit-elle pour se rassurer. Sans y croire un seul instant. Pourquoi se mentir ? Le souvenir de ce baiser ne la quittait pas…

Les trois servantes se remirent rapidement au travail. Après avoir fini de ranger le contenu de son sac dans les armoires, elles l'examinèrent d'un œil critique. L'une d'entre elles sortit de sa poche un mètre pour le mesurer et une autre un calepin pour noter ses dimensions. Quand Delaney leur demanda pourquoi elles faisaient ça, elles se contentèrent de sourire. Puis avant de s'en aller, elles la confièrent à un autre domestique qui l'attendait devant la porte de son appartement. Ce dernier arborait un uniforme très chic, constata-t-elle. Plus chic que la tenue des servantes. Et beaucoup plus chic que le jean et le T-shirt qu'elle portait.

— Je suis le majordome, annonça-t-il d'un ton solennel.

Puis il attendit sa réaction. D'un air digne suggérant qu'une révérence de sa part n'était peut-être pas à exclure. Delaney resta impassible, et il finit par lui adresser un signe de tête hautain pour l'inviter à le suivre. Il lui fit visiter le château en lui donnant des informations sur les portraits de personnages historiques – pour la plupart, sinon tous, membres de la famille Arcieri – ainsi que sur les salles dans lesquelles s'étaient déroulés certains événements marquants de l'histoire d'Île d'Montagne. Depuis les fenêtres il lui commenta la vue, lui précisant quels villages, bâtiments ou terrains elle avait sous les yeux et quel rôle chacun avait joué pendant les périodes de conflit.

En réalité ce n'était pas une visite mais un véritable cours, finit-elle par comprendre. À partir de cet instant elle prêta une attention redoublée aux commentaires de son guide. En se disant que s'il lui paraissait nécessaire d'en apprendre le plus possible sur ce château, c'était parce que son histoire était également celle de sa famille. Qui pouvait la renseigner mieux sur sa famille que ses ennemis ? Après avoir entendu une litanie de griefs contre les Montaigne, elle ne pourrait qu'être heureusement surprise le jour où elle rencontrerait la reine Esme, non ? Elle mémorisa toutes les informations concernant la dynastie des Montaigne à travers les siècles, en se promettant de faire ses propres recherches par la suite. Pour vérifier dans quelle mesure le récit différait selon les sources.

Malgré tout, elle dut se rendre à l'évidence. Elle ne pouvait s'empêcher de s'intéresser également au château lui-même. Et à la vallée qu'il surplombait. Et à Cayetano… Uniquement parce qu'il était plus prudent de bien connaître l'ennemi, se répétait-elle.

— La famille Arcieri contrôle le château pratiquement sans interruption depuis sa construction, déclara le majordome devant le portrait d'un ancien chef de guerre. Elle est l'âme et la conscience de cette île depuis des siècles.

Cayetano transparaissait dans le portrait de son ancêtre, constata-t-elle. Arrogance et autorité. Regard d'aigle. Et bouche sensuelle… Une bouche qu'elle sentait encore sur la sienne.

— Tout cela amène à se demander ce que veut réellement la famille royale, n'est-ce pas ? dit-elle

Le majordome la regarda comme s'il n'avait jamais entendu une énormité pareille.

— Il est évident que ce que veulent les Montaigne c'est le pouvoir.

— Mais si cette famille – *ma famille*, se dit-elle pour tenter de s'habituer à cette idée – représente un problème depuis des générations, pourquoi ne pas l'avoir tout simplement éliminée au lieu de livrer toutes ces guerres ?

— Les Arcieri ont essayé, madame, répliqua le majordome d'un ton glacial. Maintes et maintes fois.

— Eh bien, s'ils ont échoué à éliminer les Montaigne, ils ont quand même réussi à leur résister pendant des siècles, s'empressa-t-elle de commenter. Ce qui est vraiment remarquable.

Ces paroles semblèrent apaiser son interlocuteur, même si son regard restait soupçonneux.

— Il n'y a pas si longtemps, nous pensions que la cause était perdue, déclara-t-il en réajustant son col, qui n'en avait pas besoin.

— Les parents de notre chef de guerre actuel…

Il s'interrompit.

— Mais je ne voudrais pas commettre une indiscrétion.

Le cœur de Delaney fit un petit bond dans sa poitrine. Elle ne demandait que ça au contraire. Qu'il commette une indiscrétion. Et même des tas d'indiscrétions. Pour enrichir ses informations. Et si son cœur battait un peu trop vite, ça n'avait rien à voir avec Cayetano. C'était le décalage horaire et la fatigue.

— Ce ne sont que des faits qui appartiennent à l'histoire,

dit-elle en prenant un ton léger et en gardant les yeux fixés sur le portrait du chef de guerre.

L'homme était imposant, mais pas autant que son successeur actuel. Il ne valait pas la peine d'être admiré pendant des heures. Cependant si elle se montrait trop curieuse, le majordome déjà méfiant à son égard resterait silencieux. C'était une évidence.

— Le père de notre chef de guerre est mort jeune, si bien que Cayetano Arcieri est devenu l'espoir de notre peuple, reprit le majordome à son grand soulagement. Mais pendant un certain temps cet espoir a semblé compromis. Cayetano Arcieri étant mineur, c'est sa mère qui est montée sur le trône à sa place. Certains estimaient qu'elle était une Arcieri puisqu'elle avait été mariée au chef de guerre précédent. Mais quand elle a envisagé de se remarier, la situation s'est compliquée.

Il secoua la tête.

— Le potentiel mari qu'elle a choisi n'était pas un Arcieri. Je m'en tiendrai là.

Delaney lui jeta un coup d'œil furtif. Sa mine sombre suggérait que « la situation s'est compliquée » était un euphémisme. Elle éprouva malgré elle de la compassion pour Cayetano.

— Ça a dû être dur pour le chef de guerre.

— Notre chef de guerre est un grand homme, répliqua le majordome d'un ton exprimant le plus grand respect. Ce qui mettrait d'autres hommes à genoux le rend plus fort.

Elle méditait encore ces propos quand il la raccompagna jusqu'à ce qu'il appelait ses « appartements ». Elle y trouva les trois mêmes servantes en train de s'affairer. Deux d'entre elles étalaient des vêtements sur le lit. La troisième branchait un fer à friser.

— Il est l'heure de se reposer, protesta-t-elle.

Jamais elle n'avait été aussi fatiguée. Elle n'avait qu'une

envie : se laisser tomber sur le lit. Peut-être l'effet du décalage horaire. *Parce que ça existe vraiment, ce n'est pas qu'une excuse*, lui précisa une petite voix narquoise.

— Oh ! pas du tout, répliqua une des servantes d'un ton enjoué. Nous devons vous préparer pour le dîner.

— Le chef de guerre regrette de ne pas pouvoir dîner avec vous ce soir, dit une autre avec un gloussement d'écolière.

Comme si Cayetano était un chanteur de *boys band*.

— Vous dînerez avec la Signorina, intervint la troisième.

— La Signorina ?

Ne sachant pas quoi faire, Delaney resta immobile au milieu de la chambre tandis qu'elles s'agitaient autour d'elle. Elle n'émit aucune objection lorsqu'elles entreprirent de la déshabiller. Elle était si épuisée que la scène paraissait irréelle. Et les servantes agissaient avec un tel naturel qu'il semblait tout à fait acceptable de se laisser faire.

Après lui avoir enlevé tous ses vêtements, elles l'enveloppèrent dans un peignoir de soie puis l'entraînèrent en gloussant dans une pièce voisine et la firent asseoir à une coiffeuse. Il lui fallut un moment pour comprendre qu'elle se trouvait dans sa salle de bains. Si on pouvait utiliser ce terme pour un ensemble de pièces et de dressings trois ou quatre fois plus vaste que le grenier de la ferme. Elle se laissa coiffer par une des servantes, tandis que les deux autres présentaient devant le miroir plusieurs vêtements qu'elle n'avait jamais vus, avant de délibérer.

Pourquoi pas ? se dit-elle. Après tout, elle avait un mois devant elle pour préparer sa fuite. Ou pour s'en aller tout simplement. Mais ce soir-là, elle était incapable de prendre la moindre initiative.

— La Signorina est la plus grande spécialiste de la vallée en étiquette, usages et bonnes manières, expliqua la servante qui la coiffait. Elle a toujours travaillé pour la famille Arcieri. Elle a été l'institutrice particulière du chef de guerre mais aussi de son père avant lui. C'est un grand honneur qu'elle ait accepté de s'occuper de vous.

Consciente que sa réaction était scrutée, Delaney s'efforça de paraître flattée. Une fois coiffée, elle fut vêtue d'une robe au tissu si fluide et si soyeux qu'il était comme une caresse sur sa peau. Elle avait envie de la détester par principe mais en fut incapable. Lorsque les servantes la conduisirent devant une psyché pour qu'elle puisse se regarder, elle resta interdite. Avec sa robe digne d'une star hollywoodienne et son collier de perles, la femme dont elle avait le reflet sous les yeux était incroyablement élégante. Un mot qui n'avait jamais été utilisé pour qualifier une fermière qui passait le plus clair de son temps en salopette maculée de poussière. Et pour couronner le tout, il y avait cette coiffure sophistiquée qui achevait de la rendre méconnaissable.

Delaney secoua la tête. C'était comme un rêve éveillé. Voilà pourquoi elle se laissait faire sans réagir. Tout ce qui lui arrivait était absurde, mais ça n'avait rien d'étonnant puisque les rêves échappaient à toute logique. Il n'était pas nécessaire d'essayer de comprendre pourquoi elle était partagée entre des sentiments contradictoires comme le désespoir et l'excitation. Ni pourquoi elle trouvait délicieux de porter une robe qui devrait lui paraître ridicule. Dans la vraie vie, elle serait obligée d'analyser ces contradictions et d'en tirer des conclusions. Dans un rêve elle pouvait s'abandonner à la folie ambiante sans se poser de questions.

Elle se laissa conduire jusqu'à une salle à manger située dans l'aile privée du château. Debout à côté de la table dressée pour deux l'attendait une femme à lunettes d'un certain âge, coiffée d'un chignon qui paraissait d'autant plus énorme qu'elle était petite. Sous son regard scrutateur, Delaney eut envie de faire une révérence. Quelle idée saugrenue ! Elle n'était même pas sûre de savoir comment faire. Les portes se refermèrent derrière elle. De nouveau, elle se retrouvait enfermée dans une pièce de ce château. Et cette fois avec une femme dont le regard lui donnait le sentiment d'être horriblement gauche. Elle qui s'était toujours sentie bien dans sa peau… Le rêve éveillé était terminé.

— Je suppose que je suis censée être intimidée par vous, déclara-t-elle en relevant le menton.

La Signorina arqua un sourcil.

— Ne l'êtes-vous pas ?

Elle parlait un anglais très correct, mais avec une pointe d'accent.

— J'ai l'habitude de travailler dans une ferme, répliqua Delaney. Les animaux sont parfois rétifs, et les plantes donnent toujours du fil à retordre. En revanche, je ne peux pas dire que l'affectation m'intimide, non.

À sa grande surprise, la Signorina gloussa.

— Merveilleux ! Vous êtes follement décalée et à la limite de l'insolence. C'est ce qui vous rend parfaite. Nous allons bien nous amuser.

D'un geste elle l'invita à s'asseoir en bout de table, puis s'installa à l'autre place en riant.

— Venez, dit-elle alors que Delaney restait immobile. Tout doit vous paraître très étrange ici, y compris moi-même, mais la nourriture est succulente.

Delaney se décida à s'asseoir, et la Signorina secoua la cloche posée à côté d'elle. Vigoureusement. Le bruit résonnait encore dans la pièce quand les domestiques arrivèrent avec des plateaux chargés de plats.

— Ce soir nous dînons, annonça la Signorina, alors que Delaney regardait avec perplexité la collection de couverts étalés devant elle. Nous nous occuperons des règles désuètes du savoir-vivre demain.

Contre toute attente, Delaney passa une soirée agréable en compagnie de la Signorina. Ce fut seulement une fois couchée dans son lit immense, enfin seule, que la mémoire lui revint. En principe, rien ne devrait lui paraître agréable pendant ce séjour. *Et pourquoi ça ?* demanda dans sa tête une petite voix qui ressemblait à celle de sa mère. Qui par ailleurs ne répondait à aucun de ses appels, comme l'été où elle était partie en camp de vacances pendant une semaine cauchemardesque. *Tu es censée chercher un moyen de ne pas épouser Cayetano*, se rappela-t-elle fermement. Mais elle s'endormit avant d'avoir eu le temps de commencer à réfléchir à un plan.

Au fil des jours, elle dut se rendre à l'évidence. Elle ne semblait pas pressée de trouver un plan. Pourquoi ? Elle aurait bien fait d'y réfléchir.

En attendant, les journées se déroulaient à peu près toutes de la même manière. Il y avait toujours un moment consacré à sa garde-robe, si bien que ses dressings étaient de plus en plus garnis. Les trois servantes enjouées qui s'occupaient d'elle semblaient incapables de trouver les vêtements qu'elle avait apportés dans son sac – « Désolée, madame » –, si bien qu'elles lui présentaient systématiquement de nouvelles tenues. Elles l'habillaient pour chacun des repas à l'exception du petit déjeuner, qu'elle était autorisée à prendre en peignoir de bain pendant qu'elles s'affairaient autour d'elle et lui précisaient le programme de la journée.

Elle aurait voulu détester ces tenues qu'on choisissait pour elle, mais en réalité elles lui plaisaient beaucoup. Tout comme les coiffures et le maquillage. L'étrangère qu'elle voyait dans le miroir la mettait de moins en moins mal à l'aise. Sans doute était-ce à cause de son sang. De cette princesse intérieure dont elle n'avait jamais soupçonné l'existence. Cependant, pour être honnête, son sang lui faisait un peu peur. Parce que dans ces livres anciens dorés sur tranche qu'elle consultait à la bibliothèque étaient relatés des épisodes des conflits entre sa famille et celle de Cayetano. Et elle n'avait aucune envie d'y être mêlée, que ce soit d'un côté ou de l'autre. D'autant plus qu'elle devait chercher un moyen de rentrer chez elle.

Par moments, au cœur de la nuit dans son lit, elle laissait ses pensées prendre une tout autre direction. Si Cayetano l'avait embrassée avec fougue alors qu'elle portait un T-shirt I Love Midwest, que se passerait-il quand il la verrait habillée comme une princesse ? À d'autres moments, elle se disait qu'au lieu de penser à Cayetano elle ferait mieux de s'intéresser à sa nouvelle famille, qui vivait au pied de la montagne. Chaque nuit elle s'endormait résolue à exiger dès son réveil qu'on la conduise chez la reine Esme. Parce qu'elle voulait voir cette femme de près et ne pas se reconnaître en elle.

Mais le matin au réveil elle ne demandait rien. Sans doute parce qu'elle avait trop peur de trouver dans le visage de la reine la confirmation qu'elles étaient mère et fille. Elle avait déjà une mère. Et même si sa mère nourricière elle-même l'avait poussée à faire cette démarche, Delaney aurait le sentiment de la trahir.

Elle passait la plus grande partie de son temps avec la Signorina. Au cours des déjeuners et des thés qu'elles prenaient ensemble, elle apprenait les bonnes manières et se familiarisait avec les us et coutumes de l'île. Si elles étaient en tête à tête, ces séances étaient le plus souvent ponctuées de fous rires. Lorsque d'autres personnes étaient présentes, elle devait également pratiquer ce que la Signorina appelait : « l'art de la conversation ».

— Tout le monde sait parler, objecta-t-elle la première fois que la Signorina aborda le sujet.

— C'est exact. Et la plupart des gens se contentent de parler. Parler n'est pas un art. Ça consiste simplement à émettre des sons qui forment des phrases. Ce dont je vous parle c'est de la conversation, qui est un art. Un art à la fois sous-estimé et en déclin.

— Nous avons pourtant une conversation en ce moment même.

La Signorina posa sa tasse de thé et sourit.

— Et considérez-vous que cette conversation s'apparente à un art ?

Delaney reconnut que non.

— Au cours des événements auxquels vous assisterez dans votre rôle officiel, on ne parle pas de soi, expliqua la Signorina. Il n'est pas question de faire des confidences ni de monopoliser la parole. Il faut savoir éveiller l'intérêt de ses interlocuteurs et les encourager à parler sans trop en dire soi-même. C'est un peu comme une danse.

— Je ne danse pas.

Delaney balaya d'un geste les miettes de scone tombées sur une robe dont elle préférait ne pas imaginer le prix. Puis elle lança un regard penaud à sa professeur.

— Ça se voit peut-être.

— C'est encore une chose à laquelle vous et moi allons devoir remédier, répliqua la Signorina en riant. Mais d'abord, nous allons converser.

Plus elles pratiquaient, plus Delaney comprenait l'intérêt de cet entraînement. Maîtriser l'art de la conversation requérait des compétences qui lui seraient indispensables une fois que son existence et ses origines seraient publiques. Elle se surprenait de plus en plus souvent à raisonner comme si elle allait vraiment devenir reine un jour. Et chaque fois son estomac se nouait un peu plus.

Mais était-ce de l'angoisse ou bien une forme confuse d'excitation ? Elle n'en savait rien.

Et de toute façon, quelle que soit son origine ce nœud ne la poussait jamais agir. Elle ne demandait jamais à rencontrer Cayetano pour lui dire de quelle manière *elle* voulait gérer sa situation familiale. Ni ce qu'il pouvait faire de son projet de mariage.

Le mariage auquel elle laissait pourtant la Signorina la préparer chaque jour, comme si elle voulait vraiment devenir la future épouse idéale du chef de guerre. Parfois c'était une perspective qu'elle trouvait tentante. Si elle ne pouvait pas retourner dans le Kansas ni faire comme si elle ignorait ce qu'elle avait appris sur ses origines, pourquoi ne pas devenir l'épouse d'un homme qui la dévorait d'un œil ardent, l'habillait comme une reine et l'embrassait passionnément ?

Après tout, c'était peut-être lui l'aventure.

Un soir, deux semaines après son arrivée au château, Delaney se rendit à la salle à manger accompagnée par Ferdinand. Elle connaissait le nom de tous les domestiques et savait que celui-ci était beaucoup trop impressionné par le château pour parler. Elle s'apercevait dans tous les miroirs devant lesquels ils passaient, et son reflet ne lui apparaissait plus comme celui d'une étrangère. Bien sûr, elle n'envisageait pas sérieusement de se marier avec Cayetano – en tout cas c'était ce qu'elle se disait ce soir-là –, mais dans ces miroirs elle pouvait presque voir la future reine que tout le monde s'employait à faire d'elle.

Ferdinand la conduisit jusqu'à une salle où elle n'avait encore jamais dîné, mais elle n'en fut pas surprise. La Signorina aimait changer chaque jour de pièce, de groupe, de scénario. Elle l'entraînait à rester toujours vigilante. Et même si Delaney ne l'admettrait pour rien au monde, le jeu commençait à lui plaire. Les portes de la salle s'étaient déjà refermées derrière elle quand elle prit conscience que ce n'était pas la Signorina qui l'attendait.

C'était Cayetano. Enfin.

Comme si elle n'avait rien appris depuis, elle fut transportée plus de deux semaines plus tôt dans la cour de sa ferme. Quand elle avait été saisie par la beauté surnaturelle de l'inconnu qui venait de descendre d'un SUV rutilant.

En un clin d'œil, elle redevint la fermière du Kansas.

8.

Cayetano vit Delaney s'immobiliser, les yeux écarquillés, à l'instant où elle prit conscience de sa présence. C'était charmant. Une biche effarouchée au milieu de sa salle à manger privée. Et comme d'habitude, il vibrait de désir devant cette petite énigme qu'était Delaney Clark.

Sa fermière qui prétendait ne pas être une princesse alors que ce soir-là elle ressemblait à une déesse. Dans cette robe rouge à encolure asymétrique qui lui dégageait une épaule, avec les cheveux relevés en un chignon savamment décoiffé et subtilement parsemés de paillettes accrochant la lumière, elle était splendide. Bon sang ! comme il avait envie d'elle !

Ce baiser irréfléchi avait déclenché en lui un feu qui couvait encore après deux semaines d'éloignement volontaire. Un seul regard sur elle, et déjà il se ranimait. Et à en juger par le rouge qui s'était répandu sur les joues de Delaney dès qu'elle l'avait vu, il n'était pas le seul à avoir été marqué par ce baiser. Ce baiser qui avait failli lui faire perdre le contrôle…

Mais ce soir-là elle n'était pas seulement désirable. Elle n'avait plus rien à voir avec la fermière couverte de poussière en salopette informe qu'il avait trouvée en arrivant dans le Kansas. Ses employées avaient accompli le miracle dont il les avait chargées. Sa robe soulignait sa silhouette fine et illuminait son teint. Quant à sa coiffure sophistiquée, elle mettait en valeur les traits qu'elle avait hérités des Montaigne. Nez délicat et pommettes hautes.

Il la désirait. C'était vrai. Ces dernières semaines il avait constaté à ses dépens à quel point c'était vrai. Mais ce soir-là… elle lui coupait le souffle. Ce soir-là il avait devant lui le diamant taillé, pas la pierre brute. Et il était partagé. L'homme en lui n'avait qu'une envie. Découvrir son corps, l'explorer avec sa bouche, ses mains, son sexe. Mais le chef de guerre, qui serait enfin bientôt roi, voyait devant lui sa reine. Et il devait faire appel à toute sa volonté pour rester où il était. Là, au fond de la pièce, à attendre de voir si elle allait le rejoindre où rester clouée sur place. À le regarder fixement, les joues rouges et les yeux brillants.

Une éternité parut s'écouler avant qu'elle redresse les épaules puis lui adresse un sourire étudié, identifiable sans aucun doute possible comme le fruit de ses séances avec la Signorina. Il reconnaissait ce que l'experte en bonnes manières appelait son « sourire convivial ». Mais c'était la première fois qu'il brûlait d'effacer un tel sourire du visage de quelqu'un à coups de langue.

— C'est très décevant, déclara-t-elle d'un ton supérieur et légèrement amusé qui ne lui ressemblait pas. La Signorina s'est évertuée à m'expliquer que vous étiez maître dans l'art de la conversation. Pourtant, je n'ai droit qu'à un regard noir.

— Mon regard est fixé sur vous, mais il n'est pas noir.

— Saviez-vous que la conversation était un art ?

Le sourire de Delaney s'élargit, et elle ajouta :

— Il semble que contre toute attente nous ayons un point commun. Nous sommes tous les deux incompétents en la matière.

Cette réflexion le prit tellement au dépourvu qu'il éclata de rire. Mais s'il était surpris par son propre rire, ce n'était rien en comparaison de la stupéfaction qui se lisait sur le visage de Delaney. Elle semblait… envoûtée. Oubliant sa résolution de ne pas bouger, il traversa la pièce à grands pas. Arrivé à côté d'elle il lui prit la main. Et comme la dernière fois qu'il l'avait fait, il la sentit tressaillir. Sans aucun doute aussi électrisée que lui par ce contact. Il ne l'entraîna pas vers la table qui les attendait mais sur le balcon. L'air de cette nuit de printemps était doux, et le ciel criblé d'étoiles. Dans la vallée en contrebas, les villages formaient des grappes de lumière qui trouaient l'obscurité. D'ordinaire, Cayetano contemplait la vue avec une seule pensée à l'esprit : chaque point lumineux représentait un groupe de gens appartenant à son peuple. Et nuit après nuit il refaisait le serment d'accomplir son devoir envers lui.

Mais ce soir-là, il savourait ce moment dont il s'était souvent demandé s'il finirait par arriver un jour. Sa princesse dans son château, son mariage deux semaines plus tard, son avenir enfin assuré. Et à travers lui, le destin de son peuple changé à jamais. La justice était sur le point de gagner. Après des siècles d'usurpation. Et tout cela grâce à cette femme. Jusque-là il était ravi d'avoir trouvé sa princesse perdue, en particulier parce que beaucoup de gens autour de lui doutaient de son existence. Mais ce soir-là, Delaney s'était métamorphosée. Elle était son rêve devenu réalité. Comment ne pas prendre le temps de savourer cette réussite ?

Les lanternes qui éclairaient le balcon baignaient son visage d'une lumière douce qui le rendait encore plus ravissant.

— Ce que je n'arrive pas à comprendre c'est que personne dans votre champ de maïs ne se soit rendu compte que vous ne pouviez pas être l'une d'entre eux, dit-il.

Elle plissa le front.

— Je ne vois pas ce que vous voulez dire.

— Regardez-vous.

Il traça du bout des doigts le contour de sa joue.

— Vous avez les traits aristocratiques de la maison Montaigne. C'est flagrant.

— C'est curieux que vous disiez cela, parce que je ressemble à une Clark. Kansasaise jusqu'au bout des ongles. Je dois mes taches de rousseur au soleil du Kansas et mes mains calleuses aux champs de maïs du Kansas. Avant votre arrivée les gens qui me connaissaient se seraient esclaffés à l'idée que je pourrais être autre chose qu'une Clark.

Il réprima un soupir.

— Je comprends que cette situation soit compliquée pour vous.

En réalité, il ne le comprenait pas. Mais quel mal pouvait-il y avoir à dire le contraire ?

— Il ne doit pas être facile de se retrouver aussi loin de chez soi dans un environnement inconnu et de devoir se comporter conformément aux souhaits des autres. Je ne vous envie pas.

— Est-ce que c'est ce que vous avez vécu quand vous avez été envoyé en pension très jeune ?

Il ne parvint pas à masquer son étonnement, et elle précisa :

— Le majordome m'a beaucoup parlé de l'histoire de l'île, y compris de la vôtre.

— Si j'ai connu quelques épreuves, elles sont dérisoires par rapport à celles que mon peuple a endurées.

En principe, lorsqu'il tenait ce genre de discours les gens hochaient la tête parce qu'il allait de soi que la cause qu'il défendait éclipsait tout le reste. Delaney, en revanche, arqua un sourcil, dubitative.

— La souffrance des uns ne rend pas moins pénible

celle des autres. Vous ne parlez jamais de ce que vous ressentez. Vous ne parlez que de votre pays.

Déstabilisé, il crispa involontairement les doigts sur la main de Delaney, qu'il n'avait pas lâchée.

— C'est mon pays qui compte. Pas mes sentiments.

Elle baissa les yeux sur leurs mains jointes, comme si elle y voyait une signification qui lui échappait. Il se surprit à les regarder à son tour et crispa la mâchoire, furieux contre lui-même.

— Ils ne comptent vraiment pas, ou bien vous ne savez pas les identifier ?

— Que vous apprend la Signorina, exactement ?

Il sentait monter en lui une tension familière. Celle qui l'habitait lorsqu'il se préparait à se battre. Pas à l'épée comme ses ancêtres. La plupart des batailles qu'il avait livrées avaient eu pour cadre les médias, et il n'avait jamais mesuré ses coups. Avec cette femme c'était pourtant une tout autre forme de bataille qu'il avait envie de livrer.

— Vous avez l'air en colère, déclara Delaney avec un calme horripilant.

— J'en doute, parvint-il à répondre d'un ton neutre. Je ne peux pas me mettre en colère. Par principe.

— Dit l'homme qui se définit comme un chef de guerre.

— Chef de guerre est un titre.

Il se força à sourire.

— Un titre que je prends très au sérieux. Un chef de guerre ne peut pas se permettre d'être en colère. Pas dans cette période d'incertitude.

Elle darda sur lui un regard beaucoup trop pénétrant.

— Savez-vous reconnaître quand vous êtes en colère ?

Il déglutit avec difficulté. Non seulement elle semait la confusion dans son esprit, mais en plus il était de nouveau en grand danger de perdre son sang-froid. Alors qu'il la tenait simplement par la main… C'était encore pis que la folie qui s'était emparée de lui quand il l'avait embrassée. Il avait l'impression qu'elle avait pénétré au plus profond de son être et qu'elle y avait semé le chaos. C'était incompréhensible. Il était une forteresse. Comment une simple conversation, même si elle était un peu étrange, pouvait-elle l'ébranler à ce point ?

Cayetano tenta de se ressaisir en se concentrant sur leur mariage. Rien n'était plus important que cette cérémonie.

— Les préparatifs de notre mariage sont bien avancés, annonça-t-il.

Ce fut seulement lorsqu'elle dégagea la main de la sienne pour croiser les bras qu'il comprit pourquoi il avait choisi ce sujet. Il avait voulu renverser la situation pour qu'elle soit déstabilisée à son tour. Et il ne pouvait pas dire qu'il en était fier…

— Le mariage du chef de guerre est un événement international, poursuivit-il. Nous comptons de nombreux alliés à l'étranger, et nous avons l'habitude de les inviter à nos cérémonies officielles. Cela renforce leur légitimité. Non qu'elles en aient besoin, mais cela complique les contestations de la part du Palais d'en bas.

Nul doute que le majordome avait fait son travail et que Delaney savait que « le Palais d'en bas » était l'expression par laquelle son peuple désignait le siège du gouvernement des Montaigne, situé dans la plus belle baie de l'île.

— Personne ne m'a consultée au sujet des préparatifs du mariage.

Le ton de Delaney était toujours calme mais ses yeux lançaient des éclairs.

— Pourquoi vous aurait-on consultée ? Vous avez déjà beaucoup à faire. Apprendre à accepter votre nouveau rôle. Explorer votre nouvelle demeure.

Devenir sa reine.

— S'il y a des préparatifs de mariage la moindre des

choses est de consulter la future mariée, non ? Sinon ça donne l'impression que vous cachez quelque chose.

— N'importe qui peut être une future mariée, Delaney. Il suffit de se présenter au mariage. Mais tout le monde n'est pas capable de se préparer à devenir la prochaine reine d'Île d'Montagne.

— Une chose à la fois, répliqua-t-elle après un silence. D'abord je dois me préparer à devenir une mariée. Ce qui serait beaucoup plus facile si j'étais consultée pour les préparatifs de mon mariage.

— Vous souhaitez participer aux préparatifs de notre mariage ?

Incapable de résister plus longtemps à l'envie de la toucher, il fit courir les doigts sur un de ses bras nus. À sa grande joie, ce contact la fit frissonner.

— Ou bien vous voulez tenter de faire le nécessaire pour qu'ils n'aboutissent jamais ?

Il n'avait pas prémédité de l'accuser, du moins pas aussi directement. De toute façon, c'était une question oiseuse. Parce qu'il savait quelque chose qu'elle ignorait. Rien ne pourrait empêcher leur mariage. Ils se trouvaient à Île d'Montagne, et il était le chef de guerre. Mais à en juger par ses joues en feu et son air coupable, sa question n'était pas si oiseuse. En l'accusant il avait mis dans le mille…

— Apparemment c'est la deuxième hypothèse. Je suis choqué, commenta-t-il d'une voix traînante.

Mensonge. En réalité il était charmé. Fasciné. Ce qui devrait sans doute l'inquiéter…

— Vous vous imaginez vraiment que vous pouvez comploter contre moi ?

— Vous avez dit que j'avais un mois. Il y a deux semaines. À peine.

— J'ai dit que le mariage aurait lieu au bout d'un mois, et ce sera le cas.

Elle ouvrit la bouche pour protester, mais il ne lui en laissa pas le temps.

— Vous saviez quelles étaient les options qui vous étaient proposées. Dois-je vous rappeler que j'ai le pouvoir de vous déclarer comme étant mon épouse à tout moment ? Nous ne sommes même pas obligés d'organiser un mariage.

— Non, dit-elle précipitamment. Je souhaite participer aux préparatifs. C'est ça que je voulais dire.

— Vous êtes une menteuse, petite.

Pourquoi n'en était-il pas indigné, lui qui accordait une grande importance à l'honnêteté ?

— Cayetano, je ne veux pas que vous vous mépreniez. Je ne mens pas. Ou du moins pas intentionnellement. Mais vous attendez de moi que j'accepte sans sourciller deux choses extravagantes. D'abord, que je ne suis pas qui je croyais être depuis toujours, mais quelqu'un de complètement différent. Quelqu'un qui doit s'habituer à vivre dans un château et se former à l'art de la conversation alors que sa spécialité c'est le maïs. Et ensuite, qu'il est parfaitement raisonnable d'épouser un parfait étranger. Il y a seulement deux semaines que je suis ici, Cayetano. Ce n'est pas suffisant.

S'appuyant à la balustrade, il étudia son visage. Elle n'avait pas besoin de maquillage, mais il aimait la façon dont celui-ci mettait en valeur sa beauté naturelle. En fait, il aimait toutes les versions d'elle qu'il avait eu l'occasion de voir jusque-là. Y compris celle de ce soir-là. Qui disait avoir besoin de plus de temps alors que d'après la Signorina elle suivait ses leçons quotidiennes avec enthousiasme. Comme si elle avait déjà accepté bien plus de choses qu'elle ne voulait l'admettre.

— Et combien de temps estimez-vous qu'il vous faudrait pour vous accoutumer à ces deux idées ?

— Un an ? Cinq ans ? Toute ma vie ?

— Je compatis, déclara-t-il.

Curieusement, c'était vrai. Mais ça ne changeait rien.

— Cependant, vous devez vous douter qu'il n'est pas possible d'attendre.

— Peut-être pas éternellement, murmura-t-elle, le regard suppliant. Mais un petit peu.

Il fut assailli par une sensation très étrange. Était-ce sa voix plaintive ? Ou son regard implorant ? Ou bien les deux ? Peut-être était-ce tout simplement le fait qu'elle ne ressemblait en rien aux autres femmes de sa connaissance. D'une part elle rappelait sans cesse qu'elle avait les mains calleuses et l'habitude de travailler dans la poussière. D'autre part, elle s'intéressait à ce qu'il ressentait. Alors que les autres femmes passaient leur temps à minauder, à le flatter et à tenter de rester plus longtemps dans son lit qu'il ne le souhaitait. Elles ne semblaient pas se douter qu'il était un être de chair et de sang à qui il arrivait de penser à autre chose qu'à la cause qu'il défendait. Jamais personne avant Delaney n'avait cherché à le comprendre. Cette idée lui donnait un peu le vertige, ce qui était tout nouveau pour lui. Mais il y avait plus étrange encore. Il était tenté de lui accorder ce qu'elle demandait. Du temps. Il voulait qu'elle finisse par avoir envie de se marier avec lui.

Il avait décidé de l'épouser avant même de la connaître, parce que ce mariage était un gage d'union et de paix pour son pays divisé depuis des siècles. Mais dès l'instant où il avait posé les yeux sur elle dans le Kansas, avant même de descendre de son SUV, il l'avait désirée. Comme il n'avait jamais désiré une autre femme. Pourtant, il était tenté d'attendre, comme elle le lui demandait. *Parce que tu veux qu'elle te désire. Pas le chef de guerre de cette vallée, le véritable roi de cette île. Mais toi. Cayetano. L'homme.*

Mais attendre serait trahir la cause qu'il servait depuis toujours.

— Je compatis au désarroi que vous devez éprouver. Il est forcément traumatisant d'être arrachée du jour au lendemain au monde dans lequel on vit depuis toujours. Je ne peux pas vous présenter des excuses, mais je comprends que ce n'est pas facile pour vous.

Elle le regarda pendant un long moment, avant de dire d'une voix mal assurée :

— Il faut que j'essaye de considérer ça comme un cadeau, je suppose. Ce n'est pas un cadeau que j'aurais choisi, bien sûr. Mais il vaut mieux connaître la vérité que vivre dans le mensonge, n'est-ce pas ?

Elle laissa échapper un petit rire contrit.

— C'était ce que ma grand-mère disait toujours.

— Une femme pleine de sagesse, apparemment, commenta-t-il.

Mieux valait s'abstenir de lui faire remarquer que sa véritable grand-mère était la feue reine, Carlota, réputée à la fois pour sa cruauté et sa gloutonnerie. Pas exactement une source de sagesse, la très peu regrettée Carlota… Mais inutile de perturber davantage Delaney en lui rappelant que sa grand-mère n'était pas sa grand-mère.

— Je ne peux pas dire que je commence à accepter cette vérité, reprit-elle. Cependant, ce qui est positif c'est que chaque fois que j'essaye de joindre ma mère elle est trop occupée pour me parler plus de cinq minutes. Et elle semble heureuse. Il y a deux semaines elle n'avait pratiquement plus de vie. C'est au moins un changement dont je me réjouis. Mais pour ce qui est du mariage, deux semaines c'est vraiment très peu pour me faire à cette idée.

— Vous avez dit que ce qui vous pose problème avant

tout c'est d'épouser un étranger. Mais je ne suis plus vraiment un étranger, il me semble.

— Je ne vous connais pas du tout.

— Vous savez l'essentiel. Vous savez que j'ai besoin de vous, ce qui vous donne du pouvoir.

Devant le regard noir que lui lança Delaney, Cayetano réprima une moue de dépit. Lui qui espérait la rassurer, c'était raté.

— Quand ma grand-mère parlait de son mariage avec mon grand-père, elle racontait des tas de choses. Qu'il la regardait comme si elle était un peu plus belle chaque jour. Qu'ils se donnaient des surnoms affectueux qu'ils étaient les seuls à connaître. Mais elle ne parlait jamais de pouvoir. Curieusement elle semblait attacher beaucoup plus d'importance à l'amour, conclut-elle avec une pointe de sarcasme.

Comme il aimait cette façon de lui tenir tête, ces étincelles dans ses yeux bleus ! Il ne pouvait s'empêcher de penser que c'était de bon augure. Malgré cette allusion à l'amour.

— On dit que l'amour est une chose fantastique, répliqua-t-il d'un ton dédaigneux. Mais il n'est pas essentiel. D'autant plus qu'il est aveugle. Alors que vous, en plus du pouvoir, vous avez la certitude que je ne peux pas vous nuire. Dès l'instant où votre existence deviendra publique, l'attention du monde entier sera concentrée sur nous. Ce qui garantit votre sécurité. Je suppose que c'est pour cette raison que vous avez accepté de me suivre aussi facilement.

Au lieu de l'approuver, elle plissa les yeux d'un air suspicieux.

— Il ne m'est jamais venu à l'idée de m'inquiéter pour ma sécurité… jusqu'à maintenant.

— Vous n'avez rien à craindre. Votre sécurité est essentielle pour moi et pour le pays.

Delaney laissa échapper un petit rire.

— Dit de cette manière ça paraît un idiot, mais je me suis toujours sentie en sécurité. Même s'il est très clair pour moi que vous êtes de loin l'homme le plus dangereux que j'aie jamais rencontré.

Une fois de plus il fut complètement déstabilisé. Elle avait dit ça avec un tel naturel.

— Je ne vous ferai jamais aucun mal, Delaney. S'il y a une certitude que vous pouvez avoir, c'est celle-là.

Elle darda sur lui un regard beaucoup trop pénétrant à son goût.

— Cayetano, pourquoi pensez-vous que je pourrais vous craindre ? Et pourquoi ai-je l'impression que c'est très personnel ?

Il se raidit. Pas question de se laisser entraîner sur ce terrain. Il ne voulait pas penser à sa famille. Ni aux choix qui avaient été faits quand il était trop jeune pour avoir voix au chapitre. Et encore moins aux accès de fureur qui étaient son héritage. L'héritage auquel il avait résolument tourné le dos. Son cœur tambourinait dans sa poitrine, comme s'il était de nouveau ce jeune garçon, piégé par les décisions des autres, loin de chez lui. S'efforçant de l'ignorer, il déclara d'un ton neutre :

— Je suis heureux que vous n'ayez jamais craint pour votre sécurité. Quant au mariage, ce n'est pas que je désapprouve la conception moderne qu'on peut en avoir. Mais tomber amoureux, apprendre à se connaître, perdre tout ce temps… C'est peut-être considéré comme utile dans le Kansas, mais ici nous sommes dans un royaume, et vous savez déjà tout ce que vous avez besoin de savoir. Je ne suis pas brutal et je l'ai prouvé. Dans un cas comme le nôtre, c'est suffisant.

— Pour vous peut-être, mais pas pour moi, rétorqua-t-elle en relevant le menton.

Visiblement, elle n'avait pas conscience que ça la rendait encore plus belle à ses yeux.

— Vous voulez de l'amour ?

Il avait évité de prendre un ton moqueur, mais elle tressaillit comme s'il l'avait giflée.

— Et si je réponds oui ? Vous allez déclamer de la poésie ?

— Je vous ai déjà donné un échantillon du seul genre de poésie que je connaisse. Et si je m'en souviens bien ça vous a plu, petite.

— Vous ne m'avez jamais récité de poème. Je m'en souviendrais, il me semble.

Sous son regard étincelant, il fut transpercé par une flèche de désir.

— La mémoire est parfois capricieuse, murmura-t-il en refermant la main sur sa nuque et en l'attirant vers lui.

Les lèvres entrouvertes et les pupilles dilatées, elle se laissa aller contre lui.

— Soyez attentive, Delaney. Voici un sonnet.

Sur ces mots, il s'empara de sa bouche.

9.

Ce baiser était différent du premier.

Plus ardent. Plus dévastateur. La tempête de sensations qui faisait rage dans tout le corps de Delaney la grisait sans la rassasier. Elle en voulait toujours plus. C'était comme une soif inextinguible. Une envie irrépressible, presque douloureuse. L'envie de quelque chose qu'elle était incapable de nommer.

Cayetano continuait de l'embrasser avec une habileté diabolique mais aussi une passion brûlante. Son esprit avait beau être embrumé, elle sentait que Cayetano était aussi affecté qu'elle par ce baiser, et c'était exaltant. Son odeur l'enveloppait tout entière, masculine, épicée, enivrante. Si elle survivait à ce baiser, deviendrait-elle incapable de respirer sans être assaillie par le souvenir enivrant de cette odeur ? Cette idée décupla son excitation. Elle fut parcourue d'un violent frisson, et Cayetano laissa échapper un petit rire qui l'obligea à s'arracher à sa bouche un instant.

Elle retrouva un semblant de lucidité. Au bout de deux semaines elle n'avait pas élaboré le moindre plan pour échapper au mariage. Elle n'avait pas non plus demandé à rencontrer sa mère biologique. Pourquoi ? Parce que Cayetano occupait toutes ses pensées. Depuis qu'elle l'avait vu sortir de son SUV devant la ferme elle ne pensait qu'à lui, elle ne voyait que lui. Elle pouvait enfin se l'avouer. Dès le premier instant elle avait rêvé de se retrouver dans ses bras. Sinon, même poussée par sa mère, elle n'aurait jamais quitté la ferme.

Bien sûr il y avait également d'autres raisons, plus complexes, pour lesquelles elle n'avait pas demandé à rencontrer la reine. Mais il y avait aussi et avant tout Cayetano. Et ce feu magique qui brûlait entre eux, toujours plus vif.

Il s'empara de nouveau de sa bouche avec ardeur. Mais cette fois une de ses mains se promena dans son dos, glissa sur son épaule nue, puis descendit vers un de ses seins sur lequel elle se referma. Interrompant de nouveau son baiser, il écarta le décolleté asymétrique de sa robe et se pencha sur son sein nu. Lorsque ses lèvres se refermèrent sur son bourgeon frémissant, ce fut comme si toutes les étoiles qui scintillaient dans le ciel explosaient en elle. Renversant la tête en arrière, elle s'agrippa à ses épaules pour mieux s'abandonner aux sensations inouïes qui l'assaillaient de toutes parts. Un instant plus tard, il fit glisser l'unique bretelle de sa robe sur son épaule pour dénuder son autre sein.

Tout en suçant et mordillant tour à tour les deux pointes durcies, il glissa la main sous sa robe par la fente qui s'ouvrait à mi-cuisse. La tempête de sensations qui la ravageait redoubla de violence. La bouche de Cayetano menaçait déjà de lui faire perdre la raison, mais ses doigts qui remontaient le long de sa cuisse avec une lenteur infinie, c'était… il n'y avait pas de mot. Quand ils se glissèrent sous sa culotte elle crut mourir. Mais non, elle ne s'était jamais sentie aussi vivante au contraire. Incroyablement vivante ! Il baissa sa culotte et approfondit son exploration, lui arrachant des gémissements étranglés. Ses caresses devinrent de plus en plus précises, de plus en plus appuyées, tandis que sa bouche se concentrait sur un de ses seins. Emportée dans une spirale de feu tourbillonnante, Delaney s'envola vers les étoiles. Juste avant que la jouissance la projette dans une autre dimension, une pensée confuse lui traversa l'esprit. Elle ne serait plus jamais la même.

Alors que des ondes de plaisir la parcouraient encore, elle eut vaguement conscience que Cayetano remettait sa culotte et sa robe en place avec des gestes étonnamment doux. Puis il glissa un bras autour de sa taille pour l'empêcher de vaciller sur ses jambes et l'entraîna dans la salle à manger. Enfin, il l'aida à s'asseoir à table. Le temps qu'elle reprenne complètement ses esprits, le dîner fut servi. Elle ne s'était pas rendu compte de l'arrivée des domestiques et remarqua à peine leur départ. De son côté, Cayetano ne semblait pas s'apercevoir qu'elle restait assise sans bouger, hébétée. Complètement hébétée. Non, il avait décidé de faire comme si de rien n'était, comprit-elle quand il la servit.

Elle baissa alors les yeux sur son assiette. Ce qu'elle contenait était appétissant, mais Delaney se sentait incapable d'en avaler une seule bouchée. Tout son corps frémissait encore de plaisir, et pourtant elle brûlait d'envie de sentir de nouveau ses mains et sa bouche sur elle. Mais pendant ce temps-là, il mangeait tranquillement…

— Je n'ai aucune expérience en matière de sexe.

Que lui avait-il pris de dire ça ? se demanda-t-elle aussitôt, effarée. C'était très embarrassant et tout à fait incongru dans ce décor raffiné. Sauf que cette lueur qui venait de s'allumer dans les yeux de Cayetano avait quelque chose de réconfortant. Son regard semblait presque… affectueux. *Ne te fais pas d'illusions*, se morigéna-t-elle aussitôt. *Tu sais exactement pourquoi cet homme s'intéresse à toi.*

— Toutes mes condoléances, dit-il après un silence qui sembla durer une éternité. C'est très dommage.

— Si j'avais un petit ami, c'était la ferme. Et de toute façon, j'ai jamais compris comment mes copines de lycée pouvaient trouver tout à coup séduisants les garçons de notre classe, que nous connaissions depuis l'âge de six ans, et qui à dix-sept ans n'avaient pas du tout évolué. Tout le monde semblait devenu amnésique. Sauf moi.

Cayetano ne fit aucun commentaire. Il se contenta de verser dans son verre du vin d'un beau rouge profond, qui sentait la groseille et le miel. Du moins c'était l'impression qu'elle avait. La seule fois où elle avait bu du vin c'était à l'enterrement de vie de jeune fille d'une copine de lycée, et il était horriblement aigre. Elle but une gorgée à son tour. Celui-ci… celui-ci était doux et velouté. Il avait comme un goût de baiser.

— Je ne bois pas beaucoup non plus, précisa-t-elle. Alors si vous espérez me désinhiber, eh bien… ça va marcher.

— Excellent.

Avec un sourire imperceptible, il tendit la main pour saisir une mèche qui s'était échappée de son chignon. Parcourue de longs frissons, elle but une nouvelle gorgée de vin. Ce n'était pas prudent de le laisser jouer avec ses cheveux. Ni avec elle…

— Je prévoyais de me marier un jour, reprit-elle tandis qu'il enroulait la mèche autour de son doigt. Mais la ferme passait avant tout. Si bien que je ne pouvais pas épouser n'importe qui. Il fallait que ce soit un fermier. Mais comment trouver un fermier prêt à travailler une terre qui n'était pas la sienne ?

De nouveau, l'ombre d'un sourire se devina sur le visage de Cayetano. L'équivalent d'un éclat de rire chez n'importe quel autre homme.

— Je crains de ne pas connaître grand-chose aux subtilités des mariages entre fermiers au cœur de l'Amérique.

Son ton malicieux la fit pouffer.

— Ce que je voulais dire c'est que vous et moi considérons tous les deux le mariage comme un moyen de garder notre terre. À des échelles différentes, bien sûr. Et vous estimez que la vôtre a plus d'importance que la mienne.

La main de Cayetano s'immobilisa, et une lueur interloquée s'alluma furtivement dans ses yeux. Il la regarda un long moment en silence, puis lui prit la main.

— Vous avez raison, acquiesça-t-il en caressant sa paume du bout du pouce. Et ce n'est pas à moi de décider de l'importance des choses auxquelles vous tenez. D'après ce que j'ai appris, votre ferme est en vente.

Elle sentit sa gorge se nouer.

— Apparemment, ma mère la considérait comme un fardeau.

— Pas vous ?

Elle soupira. Il n'y avait pas longtemps qu'elle avait quitté le Kansas, et pourtant elle voyait déjà les choses sous un angle différent.

— Je n'aurais jamais dit que c'était un fardeau. Cependant… On exploite une ferme parce qu'on y vit et que c'est le travail auquel on est destiné. Je n'imaginais pas que ça pourrait changer un jour, si bien qu'il ne m'est jamais venu à l'idée de me demander si ce travail me rendait heureuse. Comment savoir qu'on porte un fardeau tant qu'on ne l'a pas posé et pris conscience de son poids ?

— Il n'y a aucune raison que vous ne puissiez pas garder votre terre si vous le souhaitez, dit-il en fixant leurs mains jointes. Je vais donner des instructions à mes hommes pour qu'ils l'achètent dès demain. Il ne sera pas compliqué d'engager quelqu'un pour s'en occuper.

— Mais elle n'est pas à moi. Elle n'a jamais été à

moi. Si ma mère n'en veut plus, elle doit revenir à la princesse Amalia.

Cayetano eut une moue dédaigneuse.

— Il n'y a aucune chance pour qu'une petite princesse gâtée comme Amalia ait envie de travailler de ses mains. Et encore moins aussi loin des plages de Positano ou de Saint-Tropez.

— Une princesse peut-être pas, mais… elle n'est pas réellement une princesse, n'est-ce pas ?

Cayetano lui lança un nouveau regard interloqué. Puis il se leva d'un bond, la fit se lever et la souleva de terre avant de capturer sa bouche. Tout étourdie, elle eut à peine conscience qu'il l'entraînait de nouveau sur le balcon. Mais il ne s'y arrêta pas et alla jusqu'à une autre porte-fenêtre, qu'il ouvrit d'un coup d'épaule. Sa chambre, comprit-elle quand il la déposa sur un lit et s'allongea près d'elle. Il l'embrassa de nouveau avec une ardeur redoublée. Une ardeur suggérant que jusque-là il s'était contenu. Ce baiser était fiévreux, vorace. *Beau*, songea-t-elle confusément.

Il finit par y mettre un terme pour lui enlever sa robe et sa culotte. Puis il l'enveloppa d'un regard possessif avant de la couvrir de caresses et de baisers qui achevèrent de l'enflammer. Le souffle court, elle était en proie à un désir si intense qu'il en devenait presque insupportable. Alors qu'elle s'apprêtait à le supplier sans vraiment l'oser, il glissa la tête entre ses cuisses. Le souffle coupé par les sensations qui la transpercèrent au contact de sa bouche, elle enfonça les doigts dans ses cheveux et se laissa emporter dans un tourbillon vertigineux. Cette fois elle cria sans retenue quand le plaisir déferla en elle.

Il se leva presque aussitôt et commença à se déshabiller. Encore haletante, elle contempla son corps musclé, à la fois éblouie et impressionnée. Il s'immobilisa à côté du lit et déclara d'une voix rauque :

— Tu es déjà ma reine, petite. Tu es l'espoir d'un peuple. Mais que ce soir tu m'offres ton innocence, c'est un cadeau inespéré qui change tout.

— Tout a déjà changé depuis longtemps, répliqua-t-elle, surprise de ne pas être plus embarrassée. Alors un changement de plus ou de moins, quelle importance ?

Cayetano éclata de rire. D'un rire sonore et joyeux qui se prolongea encore et encore. Une évidence s'imposa alors à elle. Elle connaissait cet homme depuis très peu de temps – elle le connaissait à peine, en fait –, et pourtant elle ferait n'importe quoi pour le voir rire. *Tu ferais n'importe quoi pour lui*, lui précisa la petite voix de sa grand-mère.

— Je t'ai déjà choisie pour mon pays, Delaney.

Il la rejoignit sur le lit.

— Mais ce soir, je te choisis pour moi.

Il prit place entre ses cuisses, et elle retint son souffle. Lorsqu'il s'enfonça en elle une douleur furtive lui arracha un gémissement étouffé, mais elle s'estompa dès ses premiers coups de reins. Jamais elle n'avait vécu une expérience aussi inouïe. Cayetano était en elle, mais elle avait l'impression d'être en lui également. Leurs deux corps ne faisaient plus qu'un comme s'ils étaient destinés depuis toujours à s'unir. Le rythme de leur danse lascive s'accéléra peu à peu, et Delaney fut emportée dans un tourbillon de sensations encore plus vertigineux que le précédent. Un tourbillon irrésistible. Elle se noya dans les yeux d'or fixés sur elle, et quand la jouissance la submergea, le cri de Cayetano se mêla au sien.

Lorsqu'elle finit par émerger de la brume de plaisir qui l'étourdissait, elle prit conscience avec délectation qu'elle était blottie contre Cayetano. Un de ses bras puissants était refermé sur elle, et son odeur l'enveloppait tout entière. Seule la lune et les étoiles éclairaient la chambre. La lumière était féerique, et le cœur de Cayetano battait sous son oreille. Elle leva la tête. Il ne dormait pas, et ses yeux d'or brillaient dans la pénombre.

Elle déposa un baiser au creux de son cou. Impossible de dire les mots qui lui brûlaient les lèvres. C'était trop tôt. Trop nouveau.

Je t'aime...

Elle avait envie de le crier. De le chanter. Mais elle ne pouvait pas. Pas encore. Cependant, il y avait quand même une chose qu'elle pouvait lui dire.

— Je t'épouserai, murmura-t-elle.

Il n'avait jamais eu le moindre doute à ce sujet, elle le savait. Mais le dire à haute voix, c'était différent pour elle. Pour lui aussi, à en juger par l'éclat de son regard qui s'intensifia encore. Et par le frémissement de son sexe contre sa cuisse... Elle referma les doigts sur ce membre soyeux déjà dur comme l'acier. Un frisson délicieux la parcourut.

— Cayetano, je serai ta reine.

10.

Le jour du mariage commença sous un ciel clair et lumineux. Cayetano avait à peine dormi. Mais pas pour les raisons habituelles, comme tous les jours précédents.

Il s'autorisa un sourire, conscient que cela lui arrivait de plus en plus souvent. Il avait fait déménager Delaney pour l'installer dans ses appartements dès le lendemain de leur première nuit. Il n'avait pas voulu perdre un instant. Ce n'était pas seulement son corps, cette merveille de sensualité, qui l'enchantait. C'était elle.

Il était friand des histoires qu'elle lui racontait sur l'endroit très étrange d'où elle venait. Il appréciait beaucoup la sagesse que renfermaient les commentaires pince-sans-rire qu'elle attribuait à sa grand-mère. Ses rapports avec sa mère et sa grand-mère étaient si différents de l'expérience qu'il avait de la famille… Il aimait aussi de plus en plus l'attention avec laquelle elle écoutait et le calme avec lequel elle parlait. Chaque jour elle lui prouvait qu'elle était la femme idéale pour affronter avec lui ce qui les attendait. Ils risquaient de traverser une période délicate avant d'accéder au trône. Il le savait. Mais ces deux dernières semaines avaient été une révélation. Une grande joie, même.

Il l'aurait épousée de toute façon, mais il était très heureux que la Signorina n'ait que des progrès remarquables à lui signaler. Et qu'en plus elle aime bien Delaney, qu'elle appelait leur « reine idéalement imparfaite ». Tout le personnel du château l'adorait. Elle s'était formée à son nouveau rôle avec toute la détermination dont elle avait sans aucun doute fait preuve à la ferme au fil des saisons plus ou moins difficiles.

Et le temps qu'elle ne passait ni à se préparer à ce qui l'attendait ni à lui raconter avec humour des anecdotes de sa vie dans le Kansas parce qu'elle adorait le faire rire, elle le passait dans son lit. Cela ne durait que depuis deux semaines, mais le souvenir des autres femmes s'était déjà effacé de sa mémoire. Delaney le hantait. Il lui arrivait même d'écourter des réunions avec ses conseillers pour la rejoindre le plus vite possible. Aussi souvent que possible.

Alors qu'il attendait sa future épouse dans la grande cour du château des Arcieri, Cayetano réprima un soupir. Ces dernières semaines il avait un peu perdu la tête. *Si tu lui as consacré autant de temps ces derniers jours c'est uniquement parce que tu savais que cette période magique n'était qu'une parenthèse*, lui dit une petite voix. Il était vrai qu'à partir de ce jour tout allait changer. Une fois marié, il aurait tous les atouts en main pour reconquérir le trône d'Île d'Montagne. Accomplir son destin exigerait de lui une disponibilité de tous les instants.

Des acclamations arrachèrent Cayetano à ses pensées. Il prit alors réellement conscience de la foule qui se pressait derrière les fenêtres et dans les galeries qui faisaient le tour de la cour sur plusieurs niveaux. Tout le monde avait tenu à assister au mariage. Ce moment historique appartenait à son peuple. Aucun journaliste étranger ni aucun dignitaire n'étaient présents. Il n'y avait que lui, pour l'instant encore chef de guerre, et la princesse Montaigne. Delaney.

Delaney qui venait d'apparaître dans l'encadrement de la grande porte, vêtue d'une robe blanche rehaussant le brun de ses cheveux et le bleu de ses yeux. Delaney qui avait insisté pour que son bouquet soit composé de fleurs des champs cueillies dans la vallée. Delaney qui s'était donnée à lui avec un abandon si joyeux qu'il en frémissait encore de plaisir et d'émotion…

Quelques instants plus tard, devant l'autel dressé au centre de la cour, alors que Delaney prononçait ses vœux d'une voix vibrante et les yeux humides, Cayetano se rendit à l'évidence. Qu'il soit accaparé ou non par ses responsabilités, il fallait qu'il prenne ses distances. À quoi bon se mentir ? Delaney n'était pas la seule à être émue. Et ça, c'était inacceptable. Il ne pouvait pas se permettre la moindre faiblesse. Il savait à quoi il s'exposerait.

Alors que le prêtre psalmodiait les formules rituelles, Cayetano se surprit à observer les fenêtres du dernier étage du château, à la recherche d'yeux étincelants qu'il ne connaissait que trop bien. Ceux de sa mère, autorisée à assister au mariage de son fils, mais seulement de loin. Il réprima un soupir. Il avait beau se dire et se répéter qu'il en avait terminé avec elle et qu'il était satisfait de la situation, chaque fois qu'il la voyait c'était comme s'il repartait de zéro. C'était très différent de ce qu'il partageait avec Delaney, bien sûr, mais il y avait également dans sa relation avec sa mère quelque chose qui le déstabilisait.

Il détourna les yeux et se concentra de nouveau sur Delaney. Le moment venu, il l'embrassa. Sa femme. Sa reine.

Il avait eu l'intention de prendre les premières mesures nécessaires à la reconquête du trône immédiatement après la cérémonie, mais quelque chose dans la façon dont elle le regardait l'arrêta. À moins que ce soit la possessivité qui le rongeait. Il n'avait pas envie de la quitter. C'était horrifiant mais c'était comme ça.

— Tout le monde danse, dit-elle en regardant la foule d'un air ravi.

Comment la décevoir ? Il n'en avait pas le courage. Il lui prit la main et l'entraîna à travers la cour sous les applaudissements et les acclamations de la foule. Puis il la fit monter sur les remparts pour lui montrer tous les gens rassemblés autour du château. De nouvelles acclamations retentirent tandis que certains agitaient des drapeaux.

— Aujourd'hui tu ne m'as pas seulement épousé, dit-il. Tu nous as libérés.

Une fois de plus elle prouva qu'elle était à la hauteur de la situation. Lui prenant les mains, elle plongea le regard dans le sien et déclara d'un ton solennel :

— Je ferai tout mon possible pour être la reine que vous attendez tous. Un pont entre la famille royale actuelle et cette vallée. Jamais une barrière.

Pendant un moment, il hésita. Pourquoi ne pas… tout reporter ? Cette révolution dont tout le monde ignorait qu'elle allait se déclencher. Ces annonces que personne n'attendait. Pourquoi ne pas les différer d'une semaine ? Peut-être trois ? Tout le monde méritait une lune de miel, non ? Même le roi légitime d'un trône usurpé. Surtout quand la victoire était assurée. Après tout, il ne restait plus que les derniers détails à régler. Le visage de sa mère s'imposa alors à lui. Non, impossible. Il ne deviendrait jamais comme elle, qui représentait tout ce qu'il haïssait.

Il voulut parler mais en fut incapable. Comment s'y résoudre quand Delaney l'enveloppait d'un regard si fervent ? Quand tout en lui brûlait d'attendre. De rester ici avec elle. De savourer cette journée. Pourquoi ne pas vivre pour autre chose que le trône, ne serait-ce que le temps d'une nuit ? Cette pensée le terrifia. Était-il donc comme ses parents ? Prêt à défendre la cause en paroles, mais foncièrement égoïste en actes ? Alors qu'il s'était juré de ne jamais suivre leurs traces ? Depuis quand était-il tombé si bas ?

— Je dois te quitter, dit-il d'un ton brusque. J'ai beaucoup à faire.

Elle lui lança un regard surpris.

— Maintenant ? Il n'y a même pas une heure que nous sommes mariés.

— Il y a des siècles que mon peuple attend, rétorqua-t-il plus sèchement qu'il ne l'aurait voulu. Il ne mérite pas d'attendre plus longtemps.

Son cœur se serra aussitôt. Delaney ne semblait pas fâchée, mais blessée. Elle détourna les yeux. Mais quand elle les posa de nouveau sur lui son regard était serein.

— Bien sûr, dit-elle avec son calme habituel. Tu dois faire le nécessaire, Cayetano. Je comprends.

À sa grande consternation, il dut faire appel à toute sa volonté pour s'en aller. Et une fois avec ses ministres, il fut pris d'une envie irrésistible de faire demi-tour. Le bruit de la fête qui battait son plein dans la cour résonnait à l'intérieur du château. Et au lieu d'être plein de fierté et de détermination, il ressentait comme… un vide. Une sensation très étrange qui lui était totalement inconnue.

Malgré un emploi du temps très chargé il continua de l'éprouver au cours des semaines suivantes, un peu plus pénible chaque jour. Si bien qu'il finit par s'avouer la vérité. Une vérité perturbante. Delaney lui manquait. Par moments elle lui manquait tellement que c'était presque insupportable.

Cependant, cela ne le détournait pas de son objectif. Il avait fait rédiger un communiqué de presse accompagné de photos d'eux devant l'autel, sur lesquelles ils étaient l'incarnation même du couple de jeunes mariés amoureux, selon un de ses conseillers. Il avait utilisé toutes ses relations dans les médias pour vendre au monde une histoire d'amour.

Et le monde avait réagi. Avec enthousiasme. La rencontre d'une Cendrillon fermière et d'un roi sans trône avait frappé l'imagination du public sur toute la planète. Des photos de leur mariage s'étaient étalées sur les couvertures des magazines et des quotidiens d'un nombre incalculable de pays. Delaney était devenue instantanément une icône. Un terme qu'elle détestait, mais après qu'un paparazzi particulièrement débrouillard eut déniché une photo d'elle en salopette, les marchands de journaux furent dévalisés. Partout dans le monde. À la télévision et à la radio, on commentait – dans des dizaines de langues – son « style éclectique » allant de la salopette à la robe de conte de fées.

Cayetano attendit sa première grande interview télévisée pour révéler les origines de Delaney, qui l'accompagnait.

— Imaginez ma surprise de découvrir que cette femme parfaite est également la véritable héritière du trône d'Île d'Montagne.

Il n'avait pas menti au sujet de leur rencontre. Il avait seulement omis certains détails.

Delaney eut un sourire confus, puis fixa la caméra et déclara d'un ton pince-sans-rire :

— Et imaginez la mienne.

L'engouement du public se mua en adoration pure et simple.

Pendant ce temps, Cayetano surveillait les répercussions de cette annonce. La tempête qu'elle déclencha mit du temps à s'apaiser. Des tests furent exigés, les résultats contestés, de nouveaux tests réclamés. Il y eut des échanges très vifs entre les émissaires des Montaigne et les représentants des Arcieri. Mais finalement la vérité s'imposa, incontestable.

Un jour, Delaney annonça à Cayetano :

— J'ai été convoquée personnellement au Palais Montaigne.

Il avait travaillé tard la nuit précédente et l'avait trouvée endormie dans leur lit. Elle s'était réveillée quand il s'était allongé à côté d'elle, et la passion les avait emportés aussitôt. Mais ce n'était jamais assez. Il ne pouvait s'empêcher de regretter les semaines qui avaient précédé leur mariage. Quand les jours semblaient n'avoir pas de fin, et les nuits encore moins. Ils donnaient alors libre cours à leur désir inextinguible pendant des heures bien sûr, mais pas seulement. Parfois ils s'installaient sur le balcon, elle assise sur ses genoux, enveloppée dans une couverture, et ils bavardaient au clair de lune.

Jamais il n'avait imaginé que quelqu'un pourrait un jour lui manquer à ce point. Même quand elle était debout devant lui comme ce jour-là, elle lui manquait… Il eut un pincement au cœur. Elle lui manquait parce qu'il n'avait pas assez de temps à lui consacrer, mais pas seulement. Il ne restait rien de sa petite fermière. Il avait tout fait pour qu'elle arrête de porter cette salopette, et à présent il en était presque arrivé à la regretter. Parce que la nouvelle Delaney était presque trop raffinée. C'était la Delaney qui se tenait à son côté pendant les interviews. Élégante. Distinguée. Plus aucune trace de la Kansasaise.

Elle avait dépassé depuis longtemps toutes ses espérances. Il avait transformé une fermière en princesse. Il aurait dû se réjouir de cette réussite. Et pourtant…

— Je ne suis pas surpris que les Montaigne souhaitent enfin te voir dans leur repaire, déclara-t-il en s'efforçant de se concentrer sur l'essentiel.

Il fallait à tout prix qu'il parvienne à réprimer ses émotions étranges et indésirables.

— Ils ont fait tester et re-tester ton sang. Et celui de

la princesse Amalia. Et aussi celui de la reine Esme. Il suffisait d'attendre un peu.

— Eh bien, l'attente est récompensée apparemment, dit-elle du ton posé qu'elle employait de plus en plus souvent.

Cayetano se remémora la jeune femme à la fois gauche et effrontée qui lui avait brusquement annoncé à table qu'elle était vierge. Maintenant, cette version de Delaney paraissait tout à fait irréelle.

— C'est une invitation à un dîner avec la reine, ajouta-t-elle. Strictement familial. Elle ne t'a pas mentionné expressément mais je préférerais que tu viennes.

— Elle te teste. Elle veut voir si tu es ambitieuse.

— Qu'est-ce que l'ambition a à voir avec un dîner de famille ?

— Une femme ambitieuse irait sans son mari. Et s'emploierait à se faire une alliée de la reine. Est-ce ton souhait ?

Delaney haussa les épaules, et il réprima un sourire. Ce haussement d'épaules était celui de la fermière du Kansas. Pourquoi était-il aussi soulagé de la retrouver ? Il préféra ne pas y réfléchir.

— Je ne vois pas l'intérêt. Que nous devenions alliées ou non ne changera rien, n'est-ce pas ?

Cette fois il ne réprima pas son sourire.

— En effet.

Mais ses conseillers arrivèrent, et Delaney s'en alla. Une fois de plus il passa une partie de la nuit à donner des interviews à des médias de pays étrangers situés dans différents fuseaux horaires. Une fois de plus il la trouva endormie quand il finit par arriver dans leur chambre. Cette fois elle ne se réveilla pas, et il resta allongé près d'elle à attendre le sommeil. Il avait atteint l'objectif qu'il poursuivait depuis des années, il avait enfin obtenu tout ce qu'il souhaitait. Alors pourquoi ne s'était-il jamais senti aussi seul ? Au réveil, effaré par cette sensiblerie inhabituelle, il se punit par une séance de sport intensive avec ses gardes. Puis il se prépara à l'épreuve de force qu'il avait attendue presque toute sa vie.

Ce soir-là, il affronterait la reine Esme. Et pas en tant que rebelle. En tant que successeur sur le trône qu'il allait lui reprendre. Mais d'abord, il allait rendre visite à l'autre femme qui avait démesurément influencé sa vie. Sa mère. L'amant de celle-ci avait quitté le pays quand il l'avait épargné après l'avoir battu à l'épée. Sa mère aurait pu en faire autant, mais elle avait préféré rester. Malgré les conditions qu'il lui avait imposées.

— Présente ça comme tu veux, Cayetano, dit-elle en allumant une de ces longues cigarettes qu'elle affectionnait.

Sans doute avant tout parce qu'il ne les supportait pas.

— Mais le puissant chef de guerre laisse sa mère en prison pendant qu'il essaye de s'emparer du trône. Tu dois être fier de toi.

— Bientôt tu seras aussi libre que nous tous. Ce soir je dîne avec la reine Esme. J'ai déjà épousé son héritière légitime. L'affaire est réglée.

Sa mère souffla une bouffée de fumée parfumée au clou de girofle.

— Une princesse perdue, échangée à la naissance.

Elle secoua la tête.

— C'est une histoire à dormir debout.

— C'est prouvé scientifiquement.

— Oui, oui, tes sacro-saints faits, murmura-t-elle d'un ton dédaigneux.

Quand il la regardait, il haïssait cette part de lui qui était toujours son fils. Et qui avait toujours envie qu'elle soit moins… froide. Moins ambitieuse. Moins intéressée par le pouvoir et davantage par lui.

Mais il avait trouvé la princesse perdue d'Île d'Montagne. Un miracle c'était déjà beaucoup. Il ne fallait pas trop en demander.

— Je sais que tu es fâchée avec les faits, répliqua-t-il. Je suis venu te mettre au courant, c'est tout. Parce que je sais qu'à une époque tu poursuivais le même objectif.

— Je voulais tous les écraser. Comme ils le méritent.

— Tu voulais prendre ma place, rectifia-t-il.

Elle eut un rire grinçant.

— Je plains ta princesse.

Il serra les dents. C'était le moment de partir. Il le savait. Therese adorait le provoquer. C'était de la pure méchanceté. D'ordinaire il la traitait par le mépris et s'en allait. Mais s'agissant de Delaney, impossible de laisser passer la moindre remarque.

— Ma princesse se réapproprie la place qui lui revient. Elle le fait avec grâce et sensibilité, contrairement à d'autres. Elle a rencontré la princesse Amalia la semaine dernière, et ça l'a rendue encore plus forte. Garde ta pitié pour toi.

La rencontre s'était déroulée dans une atmosphère guindée devant les caméras. Elle avait pour but d'assouvir la curiosité du public, dont l'intérêt pour l'histoire des bébés échangés à la naissance ne faiblissait pas. Un intérêt qu'il avait tout fait pour susciter, mais qui le satisfaisait beaucoup moins que prévu. Ça avait été un spectacle étrange. Deux femmes qui se ressemblaient, souriant comme si leur vie ne venait pas d'être bouleversée, se serrant la main puis prenant le thé ensemble devant des journalistes attentifs à leur moindre geste emprunté.

« Au moins c'est fait, lui avait dit Delaney ensuite. Finalement c'était une chance que les circonstances ne soient pas propices à la conversation. »

— Elle t'aime, déclara Therese. C'est évident. Et toi, tu es le fils de ton père. Tu ne t'intéresses qu'aux faits, aux chiffres et aux conspirations. Les sentiments ça ne te concerne pas du tout.

Il réprima de justesse l'envie de rouler les yeux.

— Tu seras libérée de ta très confortable prison dès que la reine Esme aura annoncé officiellement le nouvel ordre de succession au trône. Si j'étais toi, je prendrais le temps de réfléchir au fait que tu ne t'es pas retrouvée en prison par amour, comme tu le prétends. Mais en raison d'une tentative de coup d'État. Sois au moins honnête sur ce point, mère, s'il te plaît.

Il s'attendait qu'elle lui souffle sa fumée à la figure. Mais à sa grande surprise, elle soupira.

— Je l'aimais, dit-elle d'une voix beaucoup plus calme qu'à l'ordinaire. Je reconnais que ça m'a aveuglée. Mais je l'aimais. Et un amour comme celui-là, quelle que soit la façon dont il se termine, c'est plus précieux que tout. Même la liberté. Mais tu ne connaîtras jamais ça, Cayetano. Parce que tu es froid, cruel et destiné à rester seul toute ta vie.

Quelques mois plus tôt, il ne se serait pas senti insulté. Il aurait même pris ce commentaire pour un compliment. Mais désormais c'était différent.

— Si je suis cruel, tu ne peux t'en prendre qu'à toi-même. C'est une réaction naturelle face à un coup d'État. Perpétré par une mère contre son fils. Malgré tous tes efforts pour travestir ça en histoire d'amour.

— Seul, répéta sa mère. Toute ta vie.

Il passa le reste de l'après-midi à tenter d'empêcher sa voix de résonner dans son esprit. En vain. Il travailla jusqu'à l'arrivée de la voiture qui devait les conduire, Delaney et lui, au Palais Montaigne. Il répondit aux appels de ses conseillers tandis qu'ils roulaient vers la mer, conscient que Delaney avait le visage tourné vers la vitre.

— Que ressens-tu à la perspective de cette soirée ? demanda-t-il en rangeant son téléphone.

Elle se tourna vers lui, et comme toujours il fut saisi par sa beauté. Une beauté radieuse. Elle portait des bijoux qui se transmettaient de génération en génération dans sa famille depuis des siècles, y compris la bague qui avait fait la fierté de nombreuses jeunes mariées Arcieri avant elle. Elle arborait un visage serein, mais il y avait quelque chose dans sa façon de le regarder… Il éprouva soudain un vif regret. Un sentiment tout à fait inhabituel et extrêmement désagréable.

— C'est une formalité, répondit-elle. Toutes les sources dont tu disposes dans son palais indiquent qu'elle publiera bientôt un communiqué officiel. Peut-être même demain.

— Nous n'avons même pas besoin de son annonce. Selon les lois en vigueur dans l'île tu hériteras du trône, que ça lui plaise ou non.

— Alors c'est fait. Tu as tout ce que tu as toujours voulu.

Oui, il avait passé des années à se préparer physiquement et mentalement à un avenir qui pouvait lui réserver d'autres tentatives de coup d'État de la part de sa mère, des tentatives d'assassinat de la part des partisans des Montaigne, et il ne savait quoi d'autre encore. Parvenir à reconquérir le trône sans le moindre recours à la violence était une double victoire. Mais le ton de Delaney déclencha un frisson d'appréhension sur la nuque de Cayetano.

— Je suis sûr qu'elle souhaite également te parler, répliqua-t-il avec circonspection. C'est ta mère, après tout.

Des étincelles jaillirent des yeux bleus fixés sur lui.

— Ce n'est pas ma mère. J'ai déjà une mère.

Cayetano sentit son cœur se serrer. Quelle souffrance dans la voix de Delaney ! Et pour la première fois depuis longtemps, il ne savait pas quoi faire. Il lui prit la main sans trop savoir si c'était elle qu'il cherchait à réconforter ou bien lui.

— Tu as tout ce que tu as toujours voulu, répéta-t-elle d'un ton posé. Mais moi, qu'est-ce que j'ai ?

Moi, songea-t-il aussitôt. Puis il se maudit. Impossible de lui répondre ça. Parce qu'il l'avait à peine vue depuis leur mariage. Parce qu'il avait fait en sorte qu'elle ait tout ce qu'il était possible d'avoir… sauf lui. Il pouvait raconter toutes les histoires qu'il voulait aux autres – il ne faisait que ça toute la journée –, mais à elle il ne pouvait pas mentir.

— Delaney.

Elle plongea dans le sien un regard qui le figea.

— Je t'aime, Cayetano, dit-elle, toujours sur le même ton posé. Je suppose que tu le sais. Sinon, pourquoi serais-je restée seule et heureuse de l'être pendant vingt-quatre ans, pour me jeter dans tes bras du jour au lendemain avec un tel abandon ? Je t'ai suivi à l'autre bout du monde. Je me suis métamorphosée en princesse alors que ce que j'aime depuis toujours c'est travailler la terre.

Il avait la gorge tellement nouée qu'il suffoquait. C'était comme si des mains lui serraient le cou.

— Petite…

— Je t'aime, répéta-t-elle. Bien que tu m'aies laissée seule le jour de notre mariage. Bien que tu sembles avoir disparu depuis.

— Tu savais ce qui devait se passer, parvint-il à objecter sans conviction.

Elle sourit. Mais ce n'était pas son vrai sourire, ce sourire qui rendait le soleil plus éclatant. D'ailleurs depuis combien de temps ne l'avait-il pas vu, ce sourire ? Celui-ci était triste, si triste…

— Je t'aime, répéta-t-elle encore, d'une voix plus

rauque. Mais toi, tout ce que tu aimes c'est ce trône auquel tu n'accéderas même pas avant la mort d'une vieille dame. Je t'aime, Cayetano. Sincèrement. Mais tout bien considéré, je crois que je préfère les champs de maïs.

11.

Elle aurait sans doute pu choisir un meilleur moment.

Ils étaient presque arrivés dans la ville principale de l'île. Le soleil descendait vers la mer, baignant d'une lumière dorée les maisons blanc, bleu et ocre couvertes de bougainvilliers. La route, un peu plus large que lorsqu'elle sinuait sur le flanc de la montagne, était bordée de curieux venus pour tenter de les apercevoir.

Cayetano et elle. Le nouvel avenir inattendu de leur pays.

Elle avait fait la même expérience quand elle était venue voir la princesse Amalia. Ce jour-là, dans la voiture, elle s'était efforcée de se concentrer sur le paysage, très différent de celui de la vallée, et sur les visages des spectateurs. Tout avait été bon pour tenter de surmonter son angoisse avant sa rencontre avec la princesse Amalia. La véritable Clark.

Depuis son arrivée sur l'île elle avait beaucoup changé. Elle s'était résolue à tourner la page du Kansas. Elle avait reconnu que tomber amoureuse de Cayetano avait été un excellent moyen d'éviter de penser à toutes ces histoires de famille qui lui nouaient l'estomac. Et elle avait accepté l'idée de jouer le rôle de reine auprès de lui.

C'était le fait de devoir côtoyer la reine actuelle – ainsi que la femme qui se croyait jusque-là appelée à lui succéder – qui la déstabilisait. La première était sa mère biologique. Quant à la seconde elle pourrait tout aussi bien être une parente étant donné l'expérience inouïe qu'elles partageaient. Elles seules, la princesse et la fermière, étaient en mesure de comprendre réellement à quel point leur vie était bouleversée.

— Il paraît que je descends d'une très ancienne famille de fermiers, avait dit Amalia avec un sourire éclatant, sa tasse de thé à la main. C'est fantastique. Beaucoup plus moral que d'être de sang royal.

Delaney avait perçu le désarroi derrière le sourire. Le même qu'elle avait ressenti elle aussi.

— Moins compliqué, à mon avis, avait-elle répondu. Cependant, il faut faire attention avec les poulets. Ils donnent parfois du fil à retordre.

Amalia avait pouffé, puis elle avait paru surprise par sa propre réaction.

— Ne vous inquiétez pas. Je ne pense pas que ce sera un problème, avait-elle dit d'un ton enjoué.

Nul doute qu'avant cette histoire elle s'intéressait autant au travail de la ferme qu'elle-même au rôle de princesse, avait songé Delaney. Cependant, elle n'avait pas pu s'empêcher de ressentir une vive sympathie pour Amalia. Elles avaient été échangées à l'hôpital quand elles n'avaient que quelques jours. Si ça ne créait pas un lien, quoi d'autre le pourrait ?

Sur le chemin du retour elle avait été encore plus consciente de la présence des curieux alignés au bord de la route pour voir passer sa voiture. Prêts à inventer des histoires, à colporter des ragots… Elle s'était dit qu'elle devrait s'y habituer. C'était sa vie désormais cet étrange bocal à poissons.

Ce jour-là elle s'était dit que ça valait la peine, parce qu'elle avait Cayetano. Tout en elle avait profondément changé après leur première nuit. Une fois qu'elle avait lâché ce qui restait de son ancienne identité, elle avait découvert qu'elle se connaissait mieux qu'avant. Si Cayetano n'était pas venu la chercher, elle n'aurait jamais considéré la ferme comme un fardeau. Celle-ci lui apportait autant de joie qu'elle lui coûtait d'efforts, même si chaque nouvelle année le travail lui demandait davantage d'énergie. Elle n'avait jamais envisagé d'arrêter. Et seule, elle ne l'aurait jamais fait.

Mais la décision avait été prise à sa place, et cette nuit-là elle l'avait acceptée. Tout comme elle avait accueilli Cayetano en elle. Et pendant quelque temps elle avait cru que cette relation suffirait à la combler. Les premiers jours c'était le cas. Elle s'était imaginé que ce qu'ils partageaient allait mûrir. S'épanouir. Durer…

Mais tout avait changé le jour de leur mariage. C'était peut-être une trahison de trop.

— Je ne sais pas ce que tu attends de moi, dit-il à côté d'elle.

Son expression lui fendit le cœur, et elle baissa les yeux sur leurs mains toujours jointes. Elle portait sa bague, à présent. La bague qu'il ne lui avait pas montrée lui-même parce que, bien sûr, il ne l'avait jamais réellement demandée en mariage. Il avait confié le soin de la lui présenter au majordome, qui lui avait donné d'un ton pompeux une longue leçon sur la valeur historique du diamant Arcieri. Puis il avait repris la bague, qu'elle n'avait revue que le jour du mariage quand Cayetano l'avait glissée à son doigt.

Toutes les nuits elle dormait dans son lit. En général il la réveillait quand il se couchait, de plus en plus tard au fil du temps. Malgré tous ses efforts pour rester éveillée, elle dormait toujours quand il arrivait si bien que son mariage lui faisait l'effet d'un rêve enfiévré. Un beau rêve, sous certains aspects. Impossible de le nier. Mais qui semblait totalement irréel.

— Me menacerais-tu déjà ? reprit-il, voyant qu'elle ne répondait pas. Crois-tu vraiment qu'il existe la moindre possibilité que je te laisse partir, Delaney ?

Elle ne savait pas quand, mais elle avait justement pris conscience qu'elle ne pouvait pas partir. Pas parce qu'il l'en empêcherait, même s'il en était capable, mais parce qu'elle n'avait pas envie de partir. Elle s'était trop investie.

— Je n'ai jamais eu envie de quitter le Kansas, avait-elle avoué à sa mère, qui avait accepté presque trop facilement l'idée de ne pas être présente au mariage. Je n'ai jamais eu la moindre envie de partir où que ce soit.

— Et maintenant, tu as le monde entier à ta disposition. Je suis très fière de toi, lui avait répondu sa mère avec sa chaleur habituelle comme si rien n'avait changé.

Comme si elle savait qu'elle avait besoin d'être encouragée. Mais il était vrai que sa mère avait toujours su ce dont elle avait besoin… Delaney leva les yeux vers Cayetano.

— Je ne pense pas avoir dit que je voulais partir.

— Excuse-moi, rétorqua-t-il d'un ton cinglant. J'ai dû mal interpréter tes paroles quand tu as affirmé préférer les champs de maïs à ma compagnie.

— Cayetano, je t'ai épousé. Tu sais que malgré tes fanfaronnades rien ne m'y obligeait, n'est-ce pas ?

— Je sais que c'est ce que tu aimes penser.

Il lui lâcha la main et serra le poing.

— J'aime le penser parce que c'est vrai.

Au grand dam de Delaney, sa voix n'était plus aussi assurée qu'elle l'aurait voulu.

— Tu oublies que je commence à connaître un peu les gens de la vallée. Ils ne nous auraient jamais acclamés comme ils l'ont fait si je n'avais pas semblé heureuse. Ils ne t'auraient pas soutenu si tu t'étais comporté comme ils estiment que le font les Montaigne depuis des siècles.

Au début je ne savais peut-être pas que tu bluffais quand tu menaçais de m'épouser contre mon gré, mais après toutes ces semaines comment peux-tu imaginer que je n'ai pas appris la vérité ?

— Si tu n'as pas l'intention d'essayer de me quitter, je ne vois pas l'utilité de cette conversation. Je n'ai jamais caché que notre mariage devrait servir une cause. Je te présente mes excuses si cette cause ne t'a pas été expliquée clairement ou si tu n'as pas compris ce que la servir impliquerait. Je vais dire deux mots à mon majordome.

— J'ai parfaitement compris tout ça. Et je pense que tu n'ignores pas que ton majordome préférerait mourir plutôt que négliger son devoir.

C'était incroyable à quel point elle s'était prise d'affection pour cet homme guindé et son uniforme. Elle ne tolérerait pas la moindre critique à son égard même de la part de Cayetano, qui se contenta de hocher la tête, la mâchoire crispée.

— Je n'ai aucun problème avec la cause. Notre cause. Mais je veux autre chose que quelques heures volées au milieu de la nuit. Je veux tout, Cayetano. Je veux un vrai mariage. Je ne vois pas pourquoi nous ne pourrions pas vivre comme nous le faisions pendant les semaines qui ont précédé le mariage.

— Parce que c'est impossible, répliqua-t-il d'un ton brusque.

Elle eut alors le souffle coupé par l'angoisse qui se lisait dans ses yeux.

— Je ne comprends pas. Cayetano, nous pouvons sûrement…

Il se pencha en avant, lui coupant la parole pour s'adresser au chauffeur. Elle avait commencé à prendre des cours de français et d'italien, mais quelques heures d'apprentissage de deux nouvelles langues ne lui permettaient pas de comprendre les instructions qu'il débitait à toute vitesse. Le chauffeur quitta la route principale.

— Où allons-nous ? demanda-t-elle à mi-voix.

Avait-elle vraiment envie de le savoir ? se demanda-t-elle, de plus en plus déstabilisée. Cayetano ne répondit pas. Il se contenta de secouer la tête tout en regardant par la vitre, la mâchoire crispée. Expirant lentement, elle tourna elle aussi le regard vers la vitre. La voiture remontait vers le sommet de la montagne par une route étroite et sinueuse. Le paysage était magnifique, mais il y avait peu de chances que Cayetano ait soudain décidé de lui faire faire du tourisme. Cependant, lorsque la voiture atteignit le sommet de la montagne Delaney ne put s'empêcher d'être fascinée par la vue, si splendide qu'Île d'Montagne ressemblait à une illustration de livre de contes. D'un côté de la voiture on apercevait la vallée à laquelle elle s'était attachée au cours des dernières semaines. Et de l'autre, les villages qui parsemaient de taches blanches, bleues et ocre le versant qui descendait vers la mer.

Malheureusement, elle avait l'estomac trop noué pour apprécier ce spectacle comme elle l'aurait souhaité. Parce qu'à côté d'elle Cayetano semblait plus distant qu'il ne l'avait jamais été. La voiture s'arrêta sur une sorte de belvédère naturel. Et il ne se passa rien. Elle jeta plusieurs coups d'œil furtifs à Cayetano, mais il semblait changé en pierre. Au bout d'un moment qui lui sembla durer une éternité, il ouvrit la portière d'un geste brusque et sortit. Elle inspira profondément, puis descendit de voiture à son tour.

Le vent était plus fort à cette altitude, et il sema le désordre dans sa tenue. Avec l'aide de la Signorina, elle avait fini par s'habituer aux robes ridiculement habillées qu'elle devait porter à chacune de ses sorties. Mais sur cette plate-forme rocheuse balayée par le vent, qui surplombait le vide et offrait une vue panoramique sur la mer au loin, elle était frappée par l'extravagance de sa robe longue à volants et de ses chaussures à talons aiguilles démesurés.

Oui, cet accoutrement était une absurdité. Mais une absurdité qu'elle n'était pas loin d'apprécier. À cause de l'homme muet immobile à quelques mètres d'elle au bord du vide, les yeux fixés sur l'horizon. Si elle l'avait pu, elle aurait remonté le temps pour se montrer à elle-même telle qu'elle était devenue. Nul doute que l'ancienne version de Delaney s'étranglerait de rire en voyant la nouvelle… Mais l'ancienne Delaney n'existait plus. Désormais elle était cette nouvelle Delaney. « La princesse Delaney » comme l'appelaient déjà les médias. Et il était impossible pour elle de remonter le temps. À cause de Cayetano mais pas seulement.

Elle avait laissé le Kansas trop loin derrière elle pour pouvoir reprendre la vie qu'elle menait là-bas. Elle ne serait plus à sa place à la ferme. Ce fut cette pensée qui, malgré son angoisse, lui donna le courage de rejoindre Cayetano. Et de maîtriser son appréhension malgré la hauteur vertigineuse et le regard qu'il lui lança. Un regard hanté.

— Je ne peux pas me permettre d'aimer, dit-il après un long silence.

Après un temps de réflexion, elle déclara d'un ton très calme :

— Ça me paraît stupide. Si tu veux mon avis.

Il se tourna vers elle pour la regarder en face, et elle sentit son cœur se serrer. Cayetano semblait en proie à une telle souffrance… C'était déchirant. Il fallait espérer qu'elle l'aimait assez pour l'aider à surmonter son problème, quel qu'il soit. Pour lui comme pour elle. Pour eux deux.

« L'amour ne se limite pas à une petite carte de vœux à

date fixe, lui avait dit mamie Mabel quand elle était à l'école élémentaire, une année où elle n'avait reçu aucune carte pour la Saint-Valentin. L'amour est fougueux. Intrépide. Il n'est pas fait pour les timorés. Il exige de se battre. »

Cayetano était un chef de guerre, mais de son côté elle était prête à se battre si nécessaire.

Chaque fois que ce sera nécessaire. Du moment que nous sommes ensemble.

Il fallait espérer que son intrépidité se lisait sur son visage…

— Mon père n'était pas un homme cruel, finit par dire Cayetano au prix d'un effort visible. Mais il était distant. Inflexible. Il était clair qu'il s'était marié et qu'il avait eu un enfant parce que c'était ce qu'on attendait de lui. Pas par amour ni désir de paternité. Je n'ai jamais su s'il éprouvait des sentiments. Ma mère te dirait que non.

— Je suis désolée. Ça ne devait pas être facile d'être le fils d'un tel homme.

— Tu ne comprends pas. Il était entièrement dévoué à la cause. Seul notre peuple comptait pour lui. C'était un héros.

Cayetano se passa les mains sur le visage, et elle eut très envie de le toucher pour le réconforter. Mais quelque chose l'arrêta.

— Il est mort quand j'avais douze ans, poursuivit Cayetano en fixant de nouveau l'horizon.

Son visage tourmenté était baigné par la lumière dorée du soleil, qui poursuivait sa lente descente vers la mer.

— J'étais en pension en Angleterre, si bien que ce sont mes gardes qui m'ont annoncé la nouvelle. Ils sont venus me chercher en cours, m'ont fait asseoir et m'ont appelé « chef de guerre ». Je n'ai pas été autorisé à rentrer chez moi. On a jugé qu'il serait trop risqué que j'assiste aux funérailles.

— C'est terrible, murmura-t-elle en croisant les bras pour s'empêcher de le toucher.

— Au contraire. C'est la mort de mon père qui a fait de moi ce que je suis. Je n'ai pas eu d'autre choix que de refouler mes sentiments. Mes gardes m'ont clairement expliqué que j'étais devenu le visage d'Île d'Montagne. Que tout signe d'émotion de ma part serait non seulement mal perçu par mon peuple mais aussi considéré comme la preuve qu'il était préférable que le trône reste en possession des Montaigne. Même à douze ans j'étais conscient qu'il fallait éviter ça à tout prix. C'est seulement des années plus tard que j'ai compris ce qui était réellement arrivé à mon père. Il a eu un accident de voiture. Ici.

Delaney tressaillit, tandis qu'il poursuivait.

— Ma mère, qui contrairement à lui s'est toujours laissé guider par ses sentiments, bouillait de rage. Elle voulait qu'il lui accorde son attention. Alors qu'il consacrait toute son énergie à défendre notre cause devant les dirigeants étrangers et les instances internationales, afin de faire pression sur la reine Esme. Ma mère et lui ont eu une violente querelle, et il a quitté le château sans ses gardes, au volant de sa voiture. Il paraît qu'il a perdu le contrôle du véhicule ici. Parce qu'il n'était pas parfait. Il était froid et ne se mettait pas facilement en colère, mais quand il finissait par exploser c'était catastrophique.

La respiration de Cayetano était saccadée, comme s'il était en train de courir. Et son regard farouche était effrayant.

— Ne dis rien ! gronda-t-il alors qu'elle ouvrait la bouche. En fin de compte il était irresponsable. Malgré son dévouement et son abnégation, il s'est laissé dominer par ses émotions et a perdu le contrôle de son véhicule. C'était un chef de guerre. Un héros de la cause. Il aurait dû garder un minimum de sang-froid. Mais au lieu de ça, il est mort. Laissant sa place à ma mère jusqu'à ma majorité. Je sais que tu t'es documentée sur ma famille. Tu dois savoir ce que ce moment d'imprudence nous a coûté à tous.

Elle avait lu une notice biographique le premier soir, après son arrivée inopinée à la ferme. Mais l'entendre raconter lui-même les faits, ça n'avait rien à voir. D'autant plus qu'à l'époque elle ne l'aimait pas. Elle était seulement fascinée malgré elle. À présent qu'elle l'aimait de toute son âme, elle souffrait pour le petit garçon qui avait été prisonnier de forces qui le dépassaient. Privé du droit de pleurer son père.

— Ma mère est retombée amoureuse, selon elle, poursuivit-il d'un ton sarcastique. Puis son amant et elle ont intrigué pour s'emparer de ce qui ne leur appartenait pas. J'ai été obligé de me battre contre lui. Rien de tout cela ne serait arrivé si l'un ou l'autre de mes parents avait été capable de contrôler ses sentiments.

Le cœur serré, Delaney tendit les mains vers lui puis les laissa retomber sans le toucher. Elle se contenta de murmurer son prénom.

— Je sais ce qu'est l'amour, Delaney. Je connais ses effets. Et j'ai décidé il y a très longtemps de ne jamais lui laisser la moindre place dans ma vie. Tu devras vivre avec ça.

Ces paroles auraient dû l'anéantir, songea-t-elle. Et sans doute était-ce leur objectif. Ce qu'elle comprenait. Cayetano pensait que s'il était assez dur avec elle cela lui permettrait d'échapper à ce qu'il croyait être son destin. Mais elle était bien placée pour savoir que le destin n'était qu'une illusion qu'un simple changement de perspective suffisait à dissiper.

— Non, dit-elle fermement en soutenant son regard. Rien ne m'oblige à vivre avec ça. Et je n'en ai pas l'intention.

— Je ne t'aimerai pas, lança-t-il comme s'il était en train de livrer un combat pour lequel il avait besoin de toute la rage et de toute l'angoisse qui le rongeaient. Je ne peux pas.

— Cayetano, à mon avis tu sais aussi bien que moi que tu m'aimes déjà.

Il se figea. L'air hébété. Puis il la saisit par les bras et la hissa sur la pointe des pieds.

— C'est une condamnation à mort. Ou la prison à vie dans une cellule que tu te seras fabriquée toi-même. Voilà ce que te vaudrait l'amour, Delaney. C'est ça que tu veux ?

— C'est toi que je veux, répliqua-t-elle avec feu. Je veux tout de toi. Si ça se termine mal, Cayetano, ce sera peut-être parce que nous l'aurons mérité. Pour ne pas avoir aimé assez. Pour ne pas avoir bien aimé. Pour avoir laissé les circonstances nous broyer.

Il secoua la tête, et ses doigts se resserrèrent sur ses bras. Mais elle posa les mains sur son torse. Il était à elle. Qu'il en soit conscient ou non.

— Je te promets de t'aimer plus qu'assez, et bien, poursuivit-elle, consciente qu'il écoutait ses paroles avec la plus grande attention.

Contrairement à celles qu'elle avait prononcées le jour de leur mariage.

— Tu passeras toujours avant tout le reste pour moi. Ce que nous construisons ensemble c'est ce que j'aime. C'est ce que je veux. Je veux tout de toi.

Elle fit glisser la main sur son cœur et le sentit battre à grands coups sous sa paume.

— Et tu as tout de moi. Pour toujours.

Il avait l'air hagard. Ravagé. Elle voyait la tempête qui faisait rage en lui. Elle avait même l'impression d'entendre le fracas du tonnerre. Mais elle venait du Kansas. Aucune tempête ne pouvait lui faire peur.

Quand Cayetano parla, ce fut pour murmurer son prénom. Encore et encore, comme une mélodie.

— Je ne sais pas faire ça, finit-il par dire.

La tempête s'était calmée. Seul persistait le bruit des battements de son cœur.

— Est-ce que tu le veux ? demanda-t-elle, les yeux toujours plongés dans les siens. Il suffit que tu veuilles m'aimer. À partir de là nous pourrons construire tout ce qui nous plaît.

Elle eut l'impression que la lumière dorée des derniers rayons du soleil changeait. Qu'elle éclairait différemment le visage de Cayetano. Mais peut-être était-ce la façon dont il la regardait. Avec une telle intensité… Il fit glisser les mains sur ses bras. Puis il laissa échapper un soupir tremblant.

— Je le veux, murmura-t-il d'une voix rauque. Delaney… C'est ce que je veux le plus au monde.

La gorge nouée par l'émotion, elle rapprocha le visage du sien.

— Tu as fait le plus difficile, lui promit-elle. Tout le reste est beaucoup plus simple.

Il lui prit le visage à deux mains.

— Je n'ai pas peur de la difficulté. Mais je ne pourrais pas supporter que nous nous déchirions comme mes parents l'ont fait.

Elle posa les mains sur les siennes.

— C'est nous qui décidons. Le destin nous a réunis, mais c'est à nous de choisir la vie que nous voulons mener.

Un grognement sourd s'échappa de la gorge de Cayetano, puis il captura sa bouche dans un baiser passionné. Un baiser brûlant mais pas seulement. Ce soir-là, le désir était mêlé d'espoir.

— Je te rendrai heureuse, dit-il en appuyant le front contre le sien alors que le soleil finissait par atteindre la mer. Je t'aimerai, Delaney. Je t'aime. Je pense que j'ai eu le coup de foudre pour toi dès que je t'ai vue dans ta salopette. Je ne peux pas t'assurer que la vie sera exactement telle que tu l'imagines, mais je te promets de faire tout ce qui est en mon pouvoir pour qu'ensemble nous construisions ce que j'ai longtemps pris pour une illusion. Un conte de fées extravagant.

— Toi et moi, nous sommes faits pour réaliser l'impossible, Cayetano, répondit-elle en souriant à travers ses larmes de joie. Tu as retrouvé une princesse perdue qui n'était pas censée exister. Tu as reconquis le trône d'Île d'Montagne après toutes ces années. Alors qu'est-ce qu'un conte de fées en comparaison ?

Il l'embrassa de nouveau avec ferveur, puis la serra contre lui à l'étouffer comme s'il ne voulait plus jamais la lâcher.

— Notre conte de fées, c'est notre priorité, Delaney.

— Notre priorité, acquiesça-t-elle tandis que le soleil s'enfonçait dans la mer à l'horizon.

12.

Cayetano Arcieri était un homme de parole.

Ce soir-là ils n'allèrent pas voir la reine Esme. Il ramena son épouse chez eux, où ils s'aimèrent toute la nuit. Et le lendemain ils partirent pour un long voyage de noces, prélude d'une nouvelle vie.

Par la suite, alors qu'au fil des mois puis des années cette vie s'enrichissait d'un amour toujours plus profond, il pensa souvent que c'était au cours de ces huit semaines de lune de miel qu'ils avaient posé les fondations de leur bonheur. Parce qu'avec de telles bases, tout était possible. Même le plus extravagant des contes de fées.

Delaney et la reine Esme finirent par se rencontrer, et sans devenir vraiment proches elles nouèrent des relations cordiales. Qu'elles partagèrent avec Catherine Clark.

Des années plus tard, quand les mauvais souvenirs s'estompèrent enfin, il finit par se réconcilier avec sa mère, qui avait quitté Île d'Montagne et épousé son ancien amant. Parce que, contre toute attente, leur amour était sincère.

Cependant, rien de tout cela n'aurait été possible sans ces deux mois de lune de miel. En tête à tête à la ferme. Des journées entières à se promener travers champs, à cultiver des légumes, à se couvrir de poussière sous le soleil.

Il n'était pas habituel qu'un futur roi parte en voyage

de noces dans une ferme au cœur du Kansas. Mais Cayetano n'était pas n'importe quel futur roi. Il avait prévu de devenir le meilleur souverain de toute l'histoire d'Île d'Montagne. En réunifiant le pays et en réconciliant tous ses habitants.

Un projet réalisable uniquement parce qu'il avait Delaney à ses côtés.

Une fois qu'il eut décidé de l'aimer il s'était donné corps et âme à cet amour.

Des années plus tard il le lui déclarait encore chaque matin au réveil, que ce soit dans leur palais d'hiver au bord de la mer ou dans leur château d'été dans la vallée.

— Je t'aime, Delaney.

— Je t'aime, Cayetano, répondait-elle avec son sourire radieux.

Et ils faisaient l'amour avec une passion et une tendresse toujours renouvelées. Avant que leurs enfants fassent irruption dans leur chambre. Avant que les affaires du jour réclament leur attention. Avant de redevenir roi et reine pour la journée.

Parce que leur conte de fées c'était leur priorité.

Pour toujours.

Comme il l'avait promis.

Vous avez aimé *La princesse du Kansas* ?
Découvrez la suite de votre série
« Royalement scandaleuse » dès le mois prochain
dans votre collection Azur !

Retrouvez prochainement,
dans votre collection

AZUR

Les vœux d'Alexandros, de Clare Connelly - N°4587

« Épouse-moi, Alex. » C'est avec une audace insoupçonnée que Tessa propose un mariage d'affaires à Alexandros Zacharidis. Si quatre ans plus tôt cet homme l'a brutalement chassée de sa vie après leur nuit de passion, il est aujourd'hui le seul à pouvoir sauver sa réputation. Qu'importe si ce nabab est incapable d'aimer, leur union platonique restera sans danger. Du moins Tessa le croit-elle avant qu'Alexandros exige qu'elle partage ses nuits et lui donne un héritier !

Pacte avec un époux, de Jadesola James - N°4588

Entre Tobilola, princesse de Gbale, et Akil, héritier de Djoboro, les choses sont parfaitement claires. Le mariage arrangé conclu entre leurs deux puissantes familles est le moyen qu'ils attendaient pour être libres ! Un pacte secret les lie davantage que cette alliance d'un autre âge : dans un an, tous deux divorceront. Si Tobi se réjouit d'abord de cette situation, elle est brusquement confrontée à un obstacle inattendu. Son tout nouvel époux l'attire dangereusement – au point qu'elle enfreint la règle qu'elle s'était fixée de ne pas tomber amoureuse de lui…

Détestable séduction, de Millie Adams - N°4589

Désirer l'homme qu'on déteste : cette étrange sensation, Olive ne la connaît que trop bien ! Chaque fois qu'elle est en présence de Gunnar Magnusson, c'est la même chose, elle hésite entre lui tordre le cou et l'embrasser. Jusqu'au jour où, emportée par la passion, Olive se retrouve dans le lit de son rival en affaires. Une folie dont elle mesure toutes les conséquences lorsqu'elle se découvre enceinte…

L'amant d'un bal, de Bella Mason - N°4590

Ce soir-là, à Melbourne, un somptueux bal masqué est donné. Et pour la timide Emma, qui n'a pas l'habitude des mondanités, c'est un moment féerique ! Alors, quand elle heurte par mégarde un sublime inconnu aux yeux bleus, la magie opère de plus belle. Son cœur s'emballe, ses sens s'éveillent… Le coup de foudre la conduit même à passer la nuit entre les bras de cet homme mystérieux ! Or, dès le lendemain, Emma déchante. Son amant, Alexander Hastings, est un impitoyable homme d'affaires et non pas le prince charmant qu'elle avait imaginé…

Liaison en Écosse, de Cathy Williams - N°4591

Celia dessine des robes de mariée, pièces maîtresses des contes de fées. Hélas, sa dernière création vient d'être abandonnée par une fiancée en fuite. Alors qu'elle se résout à ranger la précieuse étoffe, le futur époux éconduit se présente dans son atelier. Loin d'être anéanti par la désertion de sa promise mais contrarié que ses plans soient perturbés, Leandro exige que Celia l'accompagne à sa place en Écosse. Une escapade aussi imprévue que la passion qui flambe soudain entre eux…

Mystérieuses retrouvailles, de Rachael Stewart - N°4592

Felicity est sous le choc. Revoir Sebastian dans la petite ville où ils ont grandi, chez elle, lui fait l'effet d'un mirage. Seize ans plus tôt, il l'a quittée sans laisser d'adresse, sans lui permettre de le retrouver. Que lui dire aujourd'hui, alors que le temps a creusé un tel fossé entre eux ? Tandis qu'il parcourait le monde sans songer à elle, Felicity chérissait le souvenir de leur idylle à travers leur enfant. Une fille prénommée Angel, dont Sebastian ignore encore l'existence…

Baiser à un Grec, d'Abby Green - N°4593

Un baiser. C'est tout ce que l'innocente Sofie a l'intention de voler au magnifique inconnu endormi dans la chambre d'hôpital où elle travaille. Depuis qu'il a été retrouvé au cœur de la montagne de Gallinvach, il est demeuré inconscient. Seulement voilà, à peine a-t-elle frôlé ses lèvres chaudes et fermes qu'il ouvre les yeux. Ce miracle trouble Sofie au plus haut point. Se pourrait-il que cet homme dont elle ne connaît pas même le nom lui soit destiné ?

Ce lien irrésistible, de Lucy King - N°4594

SÉRIE : *LES FILS PERDUS D'ARGENTINE* - 1/3

Finn est abasourdi. Lui qui a toujours tout contrôlé vient de découvrir qu'il a été adopté. Et il n'est pas au bout de ses surprises, hélas ! Georgie, la sublime avocate avec qui il a connu une brève aventure, est de retour dans sa vie avec une révélation de taille. Leur unique nuit de passion les a liés à jamais : tous deux sont désormais parents !

La souveraine déchue, de Caitlin Crews - N°4595

SÉRIE : *ROYALEMENT SCANDALEUSE* - 2/2

Amalia est encore sous le choc : elle n'est pas la princesse héritière d'Île d'Montagne comme le monde entier le croyait. Alors qu'elle se prépare depuis l'enfance à une vie de devoir, la voilà soudain dans la peau d'une femme ordinaire. Que faire quand on est libre ? Pour trouver une réponse à cette question existentielle, elle s'envole pour Cap Morat, en Espagne. Un paradis chargé du souvenir de la liaison brûlante qu'elle a entretenue avec le ténébreux Joaquin Vargas…

Le secret du Cambodge, de Maisey Yates - N°4596

Le trou noir. Quand elle se réveille après un grave accident, Riot a tout oublié de l'année écoulée. Tout, y compris Kravann Valenti, l'homme à son chevet, qui déclare être son fiancé et le père de son bébé ! Tous deux se seraient rencontrés au Cambodge et, après une fabuleuse liaison, ne se seraient plus quittés. Alors qu'elle n'a aucune raison de douter des paroles de Krav, Riot ne peut se défaire de l'étrange impression d'être flouée… Jusqu'à ce que la vérité éclate…

La fiancée oubliée, de Natalie Anderson - N°4597

Comment Tomas Gallo a-t-il pu l'oublier ? En apprenant que l'arrogant milliardaire a été victime d'un accident de la route et se retrouve désormais amnésique, Zara sent une tristesse inattendue l'envahir. Certes, Tomas et elle n'ont été mariés que vingt-quatre heures – un pur mariage de convenance ayant pour seul but de libérer Zara des griffes de son oncle –, mais les sensations qu'elle a connues entre ses bras sont encore vivaces en elle. Et savoir qu'il ne se rappelle rien la trouble plus que de raison. Aussitôt, une idée folle naît dans son esprit. Et si, en passant une dernière nuit avec Tomas, elle réveillait en lui la mémoire des sens ? Celle qui grave à jamais le souvenir d'une peau, d'un toucher, d'un regard…